EL MENSAJERO DE AGARTHA

MARIO MENDOZA
EL MENSAJERO DE AGARTHA

ZOMBIS

ILUSTRACIONES
BOOK AND PLAY STUDIO

Obra editada en colaboración con Editorial Planeta – Colombia

© Mario Mendoza, 2024

Diseño de portada e ilustraciones: © Book and Play Studio, 2024
bapstudio.co
Óscar Abril Ortiz, Alejandro Amaya Rubiano

© 2024, Editorial Planeta Colombiana S. A. – Bogotá, Colombia

Derechos reservados

© 2024, Editorial Planeta Mexicana, S.A. de C.V.
Bajo el sello editorial DESTINO M.R.
Avenida Presidente Masarik núm. 111,
Piso 2, Polanco V Sección, Miguel Hidalgo
C.P. 11560, Ciudad de México
www.planetadelibros.com.mx

Primera edición impresa en Colombia en esta presentación: agosto de 2024
ISBN: 978-628-7579-53-8

Primera edición impresa en México: noviembre de 2024
ISBN: 978-607-39-2306-4

No se permite la reproducción total o parcial de este libro ni su incorporación a un
sistema informático, ni su transmisión en cualquier forma o por cualquier medio, sea este
electrónico, mecánico, por fotocopia, por grabación u otros métodos, sin el permiso previo
y por escrito de los titulares del *copyright*.

La infracción de los derechos mencionados puede ser constitutiva de delito contra la
propiedad intelectual (Arts. 229 y siguientes de la Ley Federal del Derecho de Autor y
Arts. 424 y siguientes del Código Penal Federal).

Si necesita fotocopiar o escanear algún fragmento de esta obra diríjase al
CeMPro (Centro Mexicano de Protección y Fomento de los Derechos de Autor,
http://www.cempro.org.mx).

Impreso en los talleres de Litográfica Ingramex, S.A. de C.V.
Centeno núm. 162-1, colonia Granjas Esmeralda, Ciudad de México
Impreso en México – *Printed in Mexico*

Para Max, con infinita gratitud.

CAPÍTULO 1

EL FANTASMA DE LA ABUELA

Me llamo Felipe Isaza. Nunca he sido un niño muy normal que digamos. Mis compañeros de colegio cumplen con sus obligaciones, se ríen, juegan en los recreos, hacen las tareas y pasan las vacaciones con sus papás muy contentos. Yo hago más o menos lo mismo, pero me gusta irme de la casa a ratos, cuando nadie se da cuenta, y me siento por ahí en el parque, en la panadería, o simplemente pedaleo en mi bicicleta hasta que ya no puedo más y tengo que regresar. Porque hay algo de lo que nunca he hablado con nadie: que la vida en mi casa es un infierno.

Antes vivíamos en un barrio que se llama Castilla, al occidente de Bogotá. Ahora estamos pasando una temporada en la casa de mi abuela materna, en Chapinero, abajo de la avenida

ZOMBIS

Caracas. Mis papás están construyendo una casa al norte y mientras la terminan decidieron que lo mejor era instalarnos donde la abuela unos meses. Ella es viuda. Mi abuelo murió antes de que yo naciera. Pero ese no es el problema. El lío es que ellos, mis papás, no hacen sino pelear todos los días, por una cosa o la otra. A veces no se dicen nada y pueden pasar días enteros sin hablarse. Es horrible. Uno se sienta a almorzar o a comer con ellos, y es como si no se vieran, como si cada uno estuviera en un universo separado, aparte. Me hablan a mí, pero no se hablan entre ellos. Es un ambiente tenso, aburrido, como si a cada segundo estuviera a punto de caer una bomba y el mundo se fuera a acabar.

Hay otras temporadas en que si uno se despierta en la noche y pone cuidado, los puede escuchar discutiendo, levantándose la voz y disgustados siempre el uno con el otro. El otro día descubrí incluso que no estaban durmiendo juntos. Papá había arrojado un colchón al suelo, se había conseguido un par de cobijas no sé dónde, y estaba durmiendo en una esquina de la habitación.

Tal vez esa sea la razón por la cual me gusta encerrarme en mi cuarto y estar solo, o salir por ahí a buscar lugares escondidos de la ciudad donde nadie me moleste ni me determine. Es triste ver cómo tus papás son un par de enemigos que se odian cada día más. Como no tengo hermanos, no tengo con quién compartir esa desdicha. No sé cómo hicieron para tenerme a mí, si se supone que un hijo debe ser fruto del amor y no del odio. En fin.

Lo que quiero contar, en verdad, no es esto, sino que yo no me parezco a mis demás compañeros de colegio. Yo presiento

EL FANTASMA DE LA ABUELA

otros mundos que ellos desconocen. Hace unos meses me leí un libro increíble sobre una bruja que vivía en una montaña sola y que desde allí se dedicaba a enviarle maleficios a la gente del pueblo, que vivía abajo, en un valle. Unos días después, montando en bicicleta por Chapinero alto, encontré una casa que se parecía mucho a la descripción del relato. Me hice al frente unos minutos. Y de repente, en una de las habitaciones del segundo piso, se corrió una cortina y pude ver a una mujer vestida de negro que echaba un vistazo a la calle, fastidiada, como de mal genio. Tenía el cabello negro recogido atrás en una larga trenza y sus manos estaban cubiertas por unos anillos que brillaban en la penumbra de esa alcoba misteriosa. Su mirada era penetrante, agresiva, como dispuesta en cualquier momento a castigar o a herir al primero con el que se tropezara. Me subí sobre mi bicicleta y salí despavorido de allí.

Otro día leí un cuento llamado *Canción de Navidad,* donde aparecía un tipo amargado y tacaño llamado el señor Scrooge. Enseguida me tropecé con una casa antigua que parecía camuflada entre unos árboles junto a la Universidad Nacional. Era la época de las vacaciones de diciembre. Daba la impresión de que durante años nadie la hubiera habitado. El pasto estaba crecido, las paredes tenían una pintura descolorida y todo el armazón parecía como si en cualquier momento se fuera a ir abajo. Y lo increíble es que una tarde estaba mirando los alrededores, vigilando a ver quién diablos vivía allí, cuando se abrió la puerta y apareció en el umbral un hombre viejo, de barba blanca, con el ceño fruncido y vestido con un abrigo sucio y desaliñado.

ZOMBIS

—¿Se le ofrece algo, jovencito? —me dijo sacando de repente y de manera amenazante un bastón que, seguramente, mantenía escondido detrás de la puerta.

—No, señor —dije tartamudeando de miedo.

—Y entonces, ¿qué está haciendo aquí?

—Me preguntaba si quisiera usted colaborar con algún regalo de Navidad para los niños pobres —dije improvisando lo primero que se me ocurrió.

—¡Qué Navidad ni qué ocho cuartos! —gritó enfurecido—. Si quiere regalos trabaje y cómprelos usted mismo, jovencito.

—Sí, señor —murmuré mientras me subía en mi cicla y huía hacia la calle.

Unas cuadras más allá me detuve y me sonreí. ¡El señor Scrooge existía de verdad y solo yo sabía dónde estaba su casa! ¡Increíble! Los escritores no inventaban nada, solo nos contaban historias que se repetían una y otra vez a través de los tiempos. Y en este caso, el señor Scrooge se había materializado en una casa escondida en Bogotá, en una calle desierta, entre unos matorrales sin cuidar y un césped sin podar.

Así me sucedió infinitas veces. Bastaba que yo leyera algo o viera alguna película que me gustara mucho, para que a los pocos días o semanas me tropezara con una versión de esos mismos personajes y esa misma historia en las calles de mi ciudad. ¿Por qué pasaba eso? ¿Por qué la realidad parecía desdoblarse de esa manera tan extraña?

Me di cuenta también de que los adultos no percibían lo que yo percibía. Ellos viven atareados, siempre corriendo de aquí para allá, trabajando, haciendo vueltas, como dicen ellos (como si giraran sin parar alrededor de lo mismo), y parece

14

que fueran ciegos y sordos. Incluso los maestros del colegio son así: lo miran a uno por encima del hombro, como si el hecho de ser un niño lo convirtiera a uno en tonto o despistado. Y es al revés: son ellos los que no ponen atención a esa realidad plegable, maleable, llena de sorpresas.

Una noche me despertó un alboroto en la casa. Escuchaba gritos por las escaleras y mi mamá lloraba sin parar. Me levanté y salí a averiguar qué estaba pasando. Era mi abuela, que acababa de sufrir un infarto. Se había quedado semiinconsciente y, cuando la encontraron en su cama, ya estaba amoratada y casi sin respirar. Unos paramédicos estaban bajando su cuerpo en una camilla para subirlo a una ambulancia.

Nos vestimos con rapidez y nos fuimos para la clínica. Mis papás estaban tensos, nerviosos, y mi mamá lloraba sin parar. Media hora después apareció un médico y nos comunicó que la abuela ya había llegado muerta a la clínica. No había nada que hacer. Llegó el hermano de mi mamá, el tío Pablo, que es profesor en la Universidad Nacional, y procuró consolarla diciéndole que una muerte rápida era lo mejor que le podía pasar a uno. El tío me encanta, es un buen tipo, estudió Historia y Arqueología, y se la pasa viajando e investigando siempre cosas raras. Él y mi papá se saludan amablemente, pero nunca han sido buenos amigos. Son los polos opuestos. Mi papá quedó huérfano desde joven, es hijo único y por eso no tengo parientes cercanos por el lado de él.

Velamos a la abuela en una funeraria y, al día siguiente, la cremamos en un cementerio al norte de la ciudad y esparcimos sus cenizas en el patio de su casa, que era donde ella quería permanecer. A mí me pareció un poco tétrico ese

espectáculo de esparcir
sus cenizas en el pasto, entre
las flores, y tener que imaginarme
a la abuela todos los días allá afuera,
entre las matas y los árboles de su jardín.

Una de esas noches soñé que bajaba las escaleras hasta el primer piso, que abría la puerta de la cocina y que salía al patio en pijama, descalzo. La abuela me estaba esperando con una sonrisa y con los brazos abiertos. Aunque sabía que era un fantasma, no me dio miedo y la abracé cariñosamente.

—No alcancé a despedirme de ti, mi amor —me dijo en voz baja.

—¿Estás en el cielo, abue? —le susurré al oído.

—Estoy en tránsito, Pipelón —me dijo ella acariciándome la cabeza.

—¿Cómo es eso?

—Vas pasando de un estado a otro. Y justamente, antes de irme del todo, tenía que decirte algo.

ZOMBIS

—Dime, abue.

—Vas a ser un mensajero. Es una labor muy importante. Pronto te contactarán y a través de ti enviarán unos mensajes muy valiosos.

—¿Quién me va a contactar?

—Ya lo sabrás. Lo importante es que no te vaya a dar miedo y que comprendas la importancia de tu misión.

—¿Y mensajes para quién?

—Para todos, mi amor, para todos... Ahora sube a acostarte porque mañana tienes que madrugar a estudiar... No olvides que siempre te voy a querer...

Y la abuela empezó a desvanecerse poco a poco hasta que se hizo aire. Yo subí y me metí en mi cama, en la cual desperté a los pocos segundos. Estaba amaneciendo y las palabras de la abuela aún retumbaban en mi cabeza.

CAPÍTULO 2

LOS VISITANTES

Después del entierro de la abuela empezaron a ocurrir cosas raras en la casa. Movían los objetos de un lado a otro, se desaparecían los cubiertos, las puertas se cerraban con llave ellas solas. Me regañaron más de una vez creyendo que era yo el culpable de que una taza desapareciera de la cocina y reapareciera unas horas después en el garaje, o de la ruptura de un espejo en un baño, o de que los libros de mi mamá quedaran todos desparramados por el suelo y no en la biblioteca, que era su lugar. Yo me defendía, prometía que no tenía nada que ver con eso, pero me seguían mirando de reojo y no me creían del todo.

Una noche me desperté a las tres de la mañana y vi una figura de estatura pequeña, delgada, caminando por el corredor del segundo piso. No fui capaz de decir nada y me metí entre

ZOMBIS

las cobijas muerto de miedo. Otro día, en medio de un aguacero torrencial, pude ver a la perfección a dos seres que cruzaban el patio conversando. Eran bajitos, cabezones y se vestían con túnicas blancas, como si fueran monjes. ¿Eran amigos de la abuela? ¿Eran fantasmas que, como ella, estaban en tránsito, vagando de una dimensión a otra? Yo no me atrevía a hablar sobre el tema con mis papás, pues seguramente me mirarían como si estuviera loco, o, peor, me tratarían de mentiroso, de andar inventándome toda esa historia para no asumir que yo era el verdadero culpable de las cosas extrañas que estaban sucediendo.

Hasta que un domingo me puse a tomar unas cuantas fotos de la casa para incorporarlas al computador y practicar con el programa de Photoshop, y de repente, en una de las imágenes, apareció uno de esos seres al fondo, caminando de la sala a la cocina. La foto era impactante porque no había la menor duda de que se trataba de un hombrecito amarillento que parecía una especie de monje en miniatura. Lo agrandé en la pantalla del computador y me di cuenta de que tenía los ojos rasgados y grandes, como los de un alienígena. Llamé a mi mamá y le mostré la imagen.

—Ellos son los culpables de lo que está pasando en la casa, mamá —le dije un tanto indignado.

—¿Qué es esto, Felipe? —me dijo ella con cierto temor.

—Los visitantes que llegaron aquí después de la muerte de la abuela —aseguré yo señalando la figura en el computador.

—¿De dónde sacaste esta foto?

—La acabo de tomar, mamá.

—¿No es un montaje tuyo? Que no vaya a ser una broma pesada. Esto no es gracioso, Felipe.

22

LOS VISITANTES

—Hasta ahora voy a aprender a manejar Photoshop, mamá. Yo no sé hacer montajes.

Mi mamá quedó muy impresionada y esa noche le dijo a mi papá que había que terminar la casa rápido porque era importante mudarnos cuanto antes de allí. Lo curioso es que yo fui sintiendo cada vez con mayor claridad esas presencias, y no me asustaban, antes bien me dejaban una sensación de paz, de sosiego, como si la casa estuviera protegida y a salvo.

Y, en efecto, así fue. Una tarde de un viernes llegué de montar en bicicleta y había un alboroto en la cuadra. Una patrulla de Policía estaba parqueada justo al frente de la casa, los vecinos comentaban la situación en el andén del otro lado y una ambulancia acababa de llegar con la sirena encendida. Me acerqué a enterarme de qué era lo que había pasado. Me dio miedo pensar que a mi mamá le hubiera dado un ataque o algo por el estilo, pero no, se trataba de dos ladrones que, aprovechando que la casa estaba sola, se habían metido forzando la entrada del garaje. Lo extraño era que los tipos estaban paralizados de la cintura para abajo y no dejaban de gritar de dolor. Dos camilleros los estaban ayudando a acostarse para llevarlos al hospital. Y si la casa estaba desocupada, entonces, ¿quién los había apaleado de esa manera?

Lo que ellos gritaban a voz en cuello era que los habían empujado desde el segundo piso con una fuerza brutal hasta obligarlos a rodar y quedar inmovilizados en el primer piso con las piernas rotas y todos machacados y amoratados.

—¡Esa casa está embrujada! —repetía uno de ellos angustiado y muerto de terror.

Mi mamá me abrazó apenas me vio.

—Estábamos preocupados por ti —me dijo besándome la frente.

—Yo sé quiénes hicieron eso —le dije en secreto—. Los visitantes.

—Quédate callado —me ordenó ella muy seria.

A los pocos días, llegué del colegio antes de lo previsto y estaba solo en la casa. Prendí el computador y en un chat, sin que nadie estuviera conectado del otro lado, apareció un saludo.

> Somos los visitantes, como tú nos llamas... Por ahora, yo seré tu enlace principal... Llámame Max...
>
> 16:35

Dudé por un instante, pero enseguida recordé las palabras de la abuela y me puse en contacto.

> ¿Ustedes empujaron a los dos ladrones?
>
> 16:35

> Estamos encargados de protegerte. Hemos intentado ponernos en contacto, pero solo hasta ahora lo logramos.
>
> 16:36

ZOMBIS

> Por ahora eso no importa. Amigos nuestros que viven en un reino subterráneo llamado Agartha necesitan un mensajero y tú eres el indicado.
> 16:36

> Yo soy un niño.
> 16:36

> Por eso mismo eres tan importante. Confiarán en ti, te creerán.
> 16:37

> Pero si no me creen ni mis papás. Les hablé de ustedes y no quieren escucharme.
> 16:37

> No tienes que hablar de nosotros. Tienes que estar atento porque pronto tendrás que viajar y te transmitirán un mensaje muy importante.
> 16:37

> ¿Y a quién debo entregárselo?
> 16:38

> A todos, a la humanidad.
> 16:38

> ¿Y cómo hago eso? ¿Esos amigos de ustedes vendrán a la superficie a hablar conmigo?
> 16:38

LOS VISITANTES

> No te preocupes, vamos paso a paso. Por ahora, lo importante es que estés alerta y que sepas que serás el portador de un mensaje clave. Luego veremos la manera de transmitirlo.
> 16:39

> ¿Y quién me contactará y dónde?
> 16:39

> En un minuto sonará el teléfono. Es tu tío. Él es el encargado de conducirte. Suerte, Felipe.
> 16:39

> Está bien, Max. Chao.
> 16:40

Escribí el punto final y sonó el timbre del teléfono. Levanté el auricular y era el tío, en efecto. Fuimos directo al punto. Él me preguntó:

—¿Ya te contactaron?

—Lo acaban de hacer, tío, por internet.

—¿Son los mismos que están en la casa? ¿Los que empujaron a los dos ladrones por la escalera?

—Eso parece, tío, sí.

—¿Te dan miedo?

—No, para nada. Uno de ellos, Max, me acaba de decir que seré un mensajero.

—¿Tú también soñaste con mi mamá?

—Sí, la abuela me advirtió todo esto que está pasando.

—Pensé que me estaba volviendo loco.

—Tú eres distinto de los otros adultos. Por eso te eligieron, tío.

Hubo unos segundos de silencio en la línea. Al fin, el tío suspiró y dijo:

—Pues sí, la realidad no puede ser solo eso que cree todo el mundo: conseguir dinero, pagar facturas y morirse.

—Hay algo más. Yo siempre lo he sabido.

—Bueno, ahora nos va a tocar ir juntos detrás de ese algo. Apenas tenga más información, te aviso.

—Quedo pendiente, tío.

—No le digas nada a nadie por ahora. Quedamos en contacto, campeón.

Colgamos. Vi a través de mi ventana que los árboles se agitaban en el jardín y que sombras evanescentes se movían por entre los ramajes en silencio, sin hacer ruido.

CAPÍTULO 3

HAITÍ

Intenté en distintas ocasiones volver a escribirme con Max, pero no lo logré. Tampoco encontraba el chat anterior, no había quedado registro del mismo. Era como si nunca nos hubiéramos puesto en contacto.

En la casa todo volvió a la normalidad. Nadie movía objetos, no sentía presencias, las cosas no se desaparecían. Yo me dediqué a echar un vistazo en Google sobre Agartha, el reino subterráneo que había citado Max donde supuestamente estaban los seres que me habían elegido como su mensajero. Me tropecé con un párrafo de un escritor llamado Umberto Eco, en su libro *Historia de las tierras y los lugares legendarios*. Decía así:

ZOMBIS

Agartha es una inmensa extensión que se despliega debajo de la superficie terrestre, un auténtico país construido a base de ciudades conectadas entre ellas, un mundo depositario de conocimientos extraordinarios... Agartha se extendería en el subsuelo de Asia, algunos dicen que debajo del Himalaya, pero se han mencionado muchas entradas secretas para acceder a ese reino, desde la cueva de los Tayos en Ecuador, hasta el desierto de Gobi, la gruta de la Sibila de Cólquida, la de la Sibila de Cumas en Nápoles, y otros lugares en Kentucky, en el Mato Grosso, en el Polo Norte o en el Polo Sur, en los alrededores de la pirámide de Keops e incluso cerca de la inmensa mole de Ayers Rock en Australia.

Un reino subterráneo, qué maravilla. Un país secreto, oculto allá abajo, en las profundidades del planeta, desde el cual se vigilaban las acciones de nosotros aquí arriba. Y yo sería el mensajero entre esas dos realidades, no podía creerlo...

Una tarde me llamó el tío y me dijo entusiasmado en la línea:

—Pipe, voy a viajar a Haití para hacer una investigación sobre magia y religiones en la isla.

—¿Allí no es donde se originaron los zombis?

—Eso es parte de la tradición ritual de la zona, sí, pero yo voy a estudiar otros aspectos más.

—¿Y yo tengo algo que ver con ese viaje?

—Me escribieron un mensaje diciéndome que es importante que te vayas preparando. Hay un enlace para ti en la isla.

—¿Quién dijo? ¿Qué es lo que debo hacer?

—Tranquilo, Pipe, te noto muy acelerado. Por ahora solo debemos viajar y ya estando allá nos enteraremos de qué es lo que está pasando.

—¿Quién es el enlace?

—Un chamán llamado Antoine Duval. Nos está esperando en las afueras de Puerto Príncipe.

—¿Se necesita visa para entrar a ese país?

—Ya mismo voy a averiguar todo. Pásame a tu mamá para hablar con ella e irle explicando.

—No está, tío.

—¿Dónde anda?

—No tengo ni idea. Ahora se la pasa en la universidad todo el tiempo...

—Bueno, voy a llamarla al celular. Te aviso apenas sepa algo. Cuídate, campeón.

—Llámame rápido, porfa, tío —dije casi en una súplica. La verdad era que estaba que empacaba ya la maleta y me iba enseguida.

—Listo, Felipín, así quedamos.

Esa misma noche casi me muero de la tristeza.

Mi mamá y el tío hablaron durante casi una hora, y al final ella me pasó el teléfono para que yo hablara directamente con él:

—Sí, tío, dime, ¿qué pasa?

—Malas noticias, Pipe. No puedo viajar contigo a Haití.

—¿Por qué, tío? Si yo llevo mis papeles en orden no tienen por qué molestarme. Una carta de mis papás es suficiente.

—No es eso, campeón. Lo que sucede es que hubo un terremoto en Haití hace poco, ¿recuerdas?

—Más o menos...

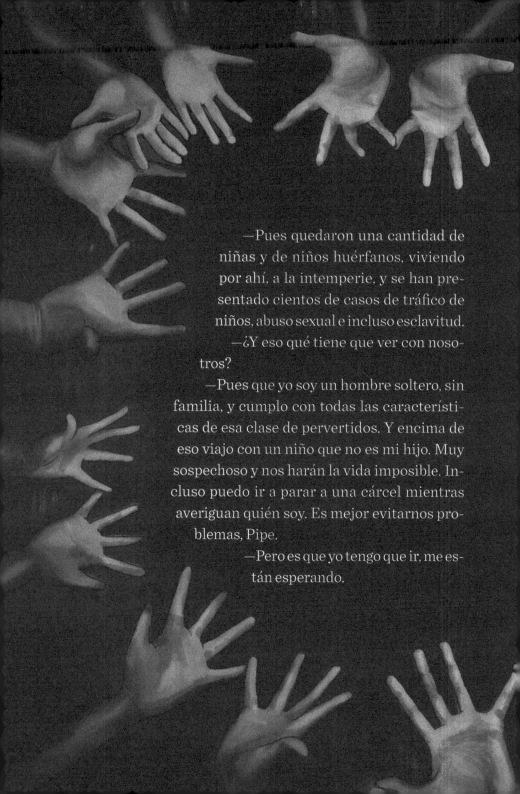

—Pues quedaron una cantidad de niñas y de niños huérfanos, viviendo por ahí, a la intemperie, y se han presentado cientos de casos de tráfico de niños, abuso sexual e incluso esclavitud.

—¿Y eso qué tiene que ver con nosotros?

—Pues que yo soy un hombre soltero, sin familia, y cumplo con todas las características de esa clase de pervertidos. Y encima de eso viajo con un niño que no es mi hijo. Muy sospechoso y nos harán la vida imposible. Incluso puedo ir a parar a una cárcel mientras averiguan quién soy. Es mejor evitarnos problemas, Pipe.

—Pero es que yo tengo que ir, me están esperando.

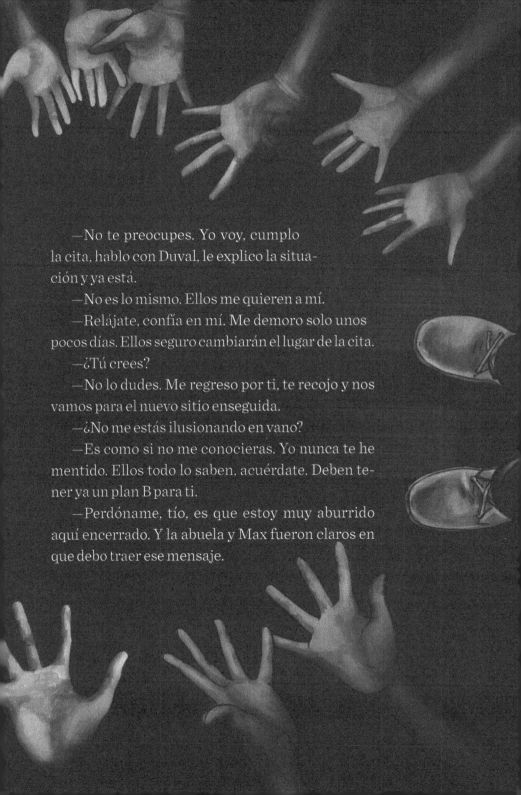

—No te preocupes. Yo voy, cumplo la cita, hablo con Duval, le explico la situación y ya está.

—No es lo mismo. Ellos me quieren a mí.

—Relájate, confía en mí. Me demoro solo unos pocos días. Ellos seguro cambiarán el lugar de la cita.

—¿Tú crees?

—No lo dudes. Me regreso por ti, te recojo y nos vamos para el nuevo sitio enseguida.

—¿No me estás ilusionando en vano?

—Es como si no me conocieras. Yo nunca te he mentido. Ellos todo lo saben, acuérdate. Deben tener ya un plan B para ti.

—Perdóname, tío, es que estoy muy aburrido aquí encerrado. Y la abuela y Max fueron claros en que debo traer ese mensaje.

ZOMBIS

Bajé la voz para que nadie me escuchara y le dije en secreto:

—Aquí se la pasan peleando todo el tiempo. Estoy desesperado. No sé qué hacer.

—Aguanta unos días más y regreso por ti. En últimas, te vas a vivir unos días conmigo al apartamento.

—No te demores...

—Así quedamos. Námaste.

—Námaste, tío. Que te vaya muy bien.

Era nuestro saludo secreto para desearnos buena suerte. En la India y en Asia en general se hace con las manos unidas a la altura del pecho y una pequeña inclinación de cabeza.

Me quedé en una depresión profunda. Nada me salía bien. Fuerzas oscuras me tenían retenido y no deseaban que yo me encontrara con Antoine Duval.

Busqué por internet todo lo relacionado con Haití y, en efecto, lo que el tío me había dicho era cierto. Habían muerto más de trescientas mil personas y más de un millón y medio se habían quedado sin hogar. El caso de las niñas y los niños huérfanos era dramático. Los adultos no podían ayudarlos porque estaban ellos mismos y sus propios hijos pasando necesidades. Así que quedaron miles de niños mendigando en las calles, desamparados, y es ahí cuando los tratantes de esclavos y las redes de prostitución habían comenzado a capturarlos y a venderlos al mejor postor. Algo aterrador y de una crueldad inverosímil.

Los expertos decían que de dos millones de afectados por el terremoto, la mitad podía ser una población por debajo de los dieciocho años de edad. Eso significaba que había por lo menos un millón de niños y adolescentes vagando por ahí,

HAITÍ

durmiendo donde los cogiera la noche, construyendo refugios pasajeros con cartón y latas, y mendigando en las calles cualquier mendrugo de pan. Varias organizaciones internacionales estaban intentando protegerlos, pero no era fácil. Los abusos, el maltrato y la violencia contra ellos continuaban sin parar.

El tío, como siempre, tenía la razón. Viajar conmigo era un completo disparate. Lo mejor era esperarlo y ver si habían decidido cambiarme el lugar de la cita.

Mientras tanto, me puse a estudiar el origen de los zombis y mi sorpresa fue mayúscula. No había nada de ficción en ellos.

CAPÍTULO 4

HAY OTRA REALIDAD EN ESTA REALIDAD

El polvo que se usa para hipnotizar a las personas es extraído del pez globo, cuyo nombre científico es Tetraodontidae. Se trata de una sustancia que está en las vísceras del animal, la tetradotoxina, que afecta todo el sistema nervioso central y paraliza la voluntad. Como en el caso de la famosa escopolamina colombiana, el afectado pierde el dominio de sí mismo y queda a merced de quien lo ha atacado. Después de eso se trata de darle a la víctima una determinada dosis de vez en cuando y mantenerla bajo control. Así se crean esclavos, seres robotizados que obedecen y que no pueden recuperar sus facultades. Los hechiceros haitianos conocen bien el poder de la tetradotoxina y durante siglos la usaron para crear zombis que

ZOMBIS

andaban por ahí con la mirada perdida, sin recordar quiénes eran ni cómo se llamaban.

Una noche estaba estudiando al respecto cuando el tío me puso un mensaje en el chat:

> **¿Andas por ahí, Pipe?**
> 20:05

> **Sí, tío, aquí estoy. ¿Cómo va todo?**
> 20:05

> **No te imaginas la pobreza de esta isla, el abandono, las secuelas que dejó el terremoto. Tenaz...**
> 20:05

> **Qué horror. Miré por internet que hay más de un millón de niños desamparados vagando por las calles.**
> 20:06

> **Están por todas partes. Menos mal que no me vine contigo.**
> 20:06

> **Sí, yo sé. Qué pena la pataleta.**
> 20:07

> **Fresco. Ya me vi con Duval.**
> 20:07

HAY OTRA REALIDAD EN ESTA REALIDAD

¿Sí? ¿Y qué tal? ¿Le explicaste por qué no había podido ir?
20:07

Ya lo sabía. Ellos todo lo saben.
20:08

¿Cambió el lugar del encuentro?
20:08

Te estaban esperando porque deben conducirte a una interdimensión. Tienen que enviar un mensaje muy importante
20:08.

¿Y entonces? ¿Qué hago?
20:09

Aquí estaba todo listo para el ritual. Duval es un brujo especial, no es como los otros. Conoce secretos ancestrales africanos.
20:09

Pero si yo no puedo ir hasta allá, ¿cómo hago para encontrarme con él?
20:09

Él dice que necesita un lugar con poder especial, un portal, un umbral desde el cual pueda lanzarte al otro lado.
20:10

ZOMBIS

> ¿Y entonces?
> 20:10

Tenemos que ir a México, a San Luis Potosí. Nos veremos con él allá, en un pequeño pueblito que se llama Xilitla.
20:10

> ¿Sí? ¿Cuándo?
> 20:11

En diez días. Tenemos que aprovechar la luna llena. Yo me regreso por ti y salimos enseguida.
20:11

> ¿Y por qué en ese pueblo, tío?
> 20:11

Hay un portal de gran poder, una construcción increíble, sobrenatural. Son una serie de esculturas en medio de la selva hechas por un inglés: Edward James. Otro contactado por la gente de Agartha, otro mensajero.
20:12

> ¡Qué buenas noticias! Estoy feliz. Ya mismo empiezo a empacar.
> 20:12

HAY OTRA REALIDAD EN ESTA REALIDAD

> Espera que yo llegue. Pasado mañana estoy allá. Voy a ir comprando los tiquetes. Dile a tu mamá que luego le explico todo.
> 20:13

> Listo, tío. Apúrate. Te quiero mucho...
> 20:13

> Y yo a ti, enano.
> 20:13

> Ya no soy tan enano.
> 20:14

> Lo sé...
> Revisa los papeles para no llevarnos sorpresas en el aeropuerto... Te abrazo...
> 20:14

> Te espero.
> 20:15

Me puse a saltar por todo el cuarto de la alegría. ¡Un viaje a las selvas mexicanas en busca de unas esculturas mágicas! Qué maravilla, era de no creer. ¿Quién era ese tipo, el tal Edward James?

Me senté en el computador y empecé a buscar como loco toda la información posible sobre este artista, miré un video

HAY OTRA REALIDAD EN ESTA REALIDAD

de YouTube y leí artículos sobre él en revistas especializadas. Era uno de los surrealistas, un grupo de pintores, escultores, poetas e intelectuales de distintas disciplinas que creían que la realidad no era una sola, sino que había muchas realidades superpuestas, en yuxtaposición, escalonadas, fusionadas. Y a eso se dedicaron, a buscar esas zonas desconocidas de lo real, a desenterrarlas, a viajar por ellas. Dalí, Picasso y Breton eran algunos de los nombres más famosos.

Duré horas enteras mirando cuadros de estos artistas y leyendo algunos de sus textos. Algo me sorprendía sobremanera: que en medio de la ciencia y el progreso, en medio de una apología a la tecnología y al surgimiento de las máquinas del siglo XX, ellos parecían regresarse a la magia, al pensamiento mítico, a la intuición y a la búsqueda del misterio. Fascinante. Parecían sospechar que la razón no nos conduciría necesariamente por un buen camino. Y la historia parecía darles la razón: la Segunda Guerra Mundial, los campos de concentración nazis y el lanzamiento de las bombas atómicas en Hiroshima y Nagasaki eran un argumento más que suficiente para darse uno cuenta de que ellos estaban apuntando en una dirección distinta y quizá más audaz.

Edward James era un noble inglés, un tipo muy adinerado que viajó a Estados Unidos y se instaló un tiempo en Los Ángeles. Pero de repente empezó a hablar del Jardín del Edén, de un lugar especial en donde todos los seres humanos recuperaríamos la bondad inicial, la pureza, la ingenuidad perdida.

ZOMBIS

Se trasladó entonces a México, se puso en contacto con un indio yaqui mexicano, Plutarco Gastélum, el cual le sirvió de guía y de cómplice, y compró un terreno en la selva de Xilitla para empezar la construcción del jardín. Lo curioso es que era, justamente, el año 1945, es decir, en otro lugar del mundo, en Japón, se acababan de enviar las dos bombas atómicas y las atrocidades de los campos de exterminio alemanes estaban saliendo a la luz pública en Europa. Y en ese preciso momento, un surrealista inglés decide regresarle a la humanidad lo mejor de sí misma: su amor, su generosidad, su capacidad para soñar no armas ni bombas, sino ideales sublimes.

Primero se dedica a sembrar orquídeas, y luego, poco a poco, empieza a armar sus esculturas, esas extrañas construcciones que parecen salir de la nada y conducirnos a un mundo mágico y enigmático. Uno de esos armazones me llamó la atención. Se llamaba *Una escalera al cielo*, y eran varios escalones que parecían girar y torcerse en el aire en una danza inexplicable. Y no sé por qué tuve la certeza de que era justo ahí en donde se realizaría el ritual con Duval. Yo subiría por esa escalera hasta la dimensión donde me estaban esperando para transmitirle un nuevo mensaje a la humanidad.

Me pareció curioso que James se pusiera en contacto con un indígena de la comunidad yaqui. ¿Quiénes eran los yaquis? Revisé datos sobre ellos y volví a sorprenderme. A sí mismos se llaman *yoreme*, que significa gente, seres humanos, en contraposición a *yori*, "los feroces", que son los otros, es decir, nosotros, los blancos, los occidentales. Ellos son personas y nosotros somos bestias. Después de los horrores de la

HAY OTRA REALIDAD EN ESTA REALIDAD

Segunda Guerra Mundial, James busca a un representante de un pueblo antiguo que no está de acuerdo con los actos cometidos por las bestias que somos nosotros.

Pero la cosa no termina ahí. Los yaquis hablan de unos ancestros suyos que decidieron no quedarse arriba, en la superficie, sino adentro de la Tierra, allá abajo, en lo profundo del planeta. Increíble. ¿Significa eso que Plutarco Gastélum, el indio yaqui amigo de James que lo condujo hasta la profundidad de la selva mexicana, fue en realidad un guía para llegar hasta el país intraterreno? ¿Hay una entrada en Xilitla para bajar al reino de Agartha? ¿Condujo Plutarco a James hasta los maestros antiguos que viven en el mundo subterráneo?

No veía la hora de viajar a México y de encontrarme con el hechicero Antoine Duval. Quería irme ya. ¿Qué me dirían, cuál sería el mensaje? ¿Qué vería, de qué sería testigo?

Mientras tanto, mientras el tío regresaba de Haití, Max se puso de nuevo en contacto conmigo y me pasó una información que no dejó de inquietarme: había una guerra secreta en el mundo y nadie parecía darse por enterado.

CAPÍTULO 5

ÁNGELES Y REPTILIANOS

Max me habló de un chamán africano llamado Credo Mutwa. Me mandó los enlaces de dos videos en YouTube y de varios artículos en revistas digitales y blogs de investigadores con respecto al tema de vida extraterrestre.

Las revelaciones de Credo Mutwa me dejaron frío. Según este brujo africano, hace millones de años llegaron al planeta seres de otra constelación con figuras parecidas a las de nuestros reptiles. Por eso se les denomina los reptilianos, una especie guerrera que se aprovechó de su superioridad tecnológica para someter y esclavizar a los humanos. Según Mutwa, algunos regresaron a su planeta después de saquear los recursos naturales de la Tierra. Otros

ZOMBIS

se quedaron viviendo en las profundidades aprovechándose de nuestra debilidad para gobernar el mundo a su antojo.

Lo primero que hicieron los reptilianos fue irnos quitando poder. Al principio éramos mucho más fuertes a nivel mental y espiritual. Podíamos anticipar el futuro, viajar a otras dimensiones y adentrarnos en plantas y animales. Poco a poco fuimos siendo reducidos y nuestros poderes disminuyeron. También los reptilianos son capaces de inocularnos ideas de grandeza, de hacernos codiciosos y soberbios. Por eso no avanzamos, por eso no logramos progresar realmente. Nos empantanamos en guerras, disputas y querellas de unos contra otros. Se trata de un método de control de los reptilianos, de una forma para mantenernos encarcelados en nuestras más bajas pasiones.

Credo Mutwa llama a los reptilianos los Chitauri, y dice que en muchas culturas antiguas, en China, en distintas tribus africanas o en América Latina se habla de seres que son como reptiles, dragones o serpientes. Seres que bajaron del cielo en sus naves y que nos trajeron ciertos avances, pero que al mismo tiempo nos sometieron y nos hundieron en batallas y guerras interminables. Sus principales armas: el odio, la envidia, la codicia, la soberbia, la lujuria, la avaricia. Millones de personas alrededor del mundo están atrapados en vicios y sentimientos que no entienden muy bien y que los anulan y los hunden en lo peor de sí mismos.

Si esto era cierto, ¿la gente de Agartha es la oposición a los reptilianos, sus enemigos más acérrimos y declarados? ¿Si por un lado los dioses-reptil, los demonios, pretenden sofocarnos y gobernarnos, por el otro está la Confederación de

ZOMBIS

Agartha luchando y enviando mensajes para hacernos despertar? ¿Estamos en medio de una gran batalla en la que tenemos que decidir si nos convertimos en esclavos o nos liberamos de una vez y para siempre? ¿Los mensajeros de Agartha, como yo, estamos en realidad combatiendo contra fuerzas oscuras reptilianas?

Como si las revelaciones de Mutwa no fueran ya suficientes como para quitarle el sueño a cualquiera, me tropecé de pronto en la red algunas referencias a un contactado muy famoso que sufre de los estigmas de Cristo en todo su cuerpo. Se trata de Giorgio Bongiovanni, un individuo que visita Fátima en 1989 y cae de rodillas en una especie de trance. La Virgen se le aparece, le da un mensaje para que la humanidad corrija su rumbo, y lo más increíble es que Bongiovanni recibe ese día sus dos primeros estigmas: las dos manos le empiezan a sangrar como si lo hubieran crucificado. Los médicos después analizaron esos estigmas en varias instituciones y nunca pudieron dar ninguna explicación racional al respecto.

En los años siguientes aparecerían otros estigmas en los pies, en el costado y en la cabeza, y él empezaría a sangrar por los ojos. Ninguna de esas heridas se ha infectado nunca. Bongiovanni dice que los ángeles de la antigüedad son en realidad seres de otras dimensiones y otras galaxias que hoy en día están visitando nuestro planeta para ayudarnos a salvarnos de nuestra propia autodestrucción. Según él, esos seres le envían mensajes que él transmite de un

52

país en otro, buscando siempre la hermandad y la fraternidad entre todos los seres humanos.

Las fotos de este contactado son impactantes. Las manos están atravesadas por llagas que no cicatrizan, la frente la tiene sumida en una cruz de sangre, y a veces tiene que pasar días enteros en cama sin poder pararse siquiera. Al principio, en sus primeras conferencias, hablaba de seres altos, con el cabello hasta los hombros, de piel semitransparente, que le enviaban mensajes de paz para el resto de la humanidad. ¿Era Bongiovanni otro mensajero, o se trataba más bien de un lunático, de un trastornado mental que hablaba solo para llamar la atención? No lo sabía con certeza. Lo que sí me inquietaba era pensar que el mundo parecía estar en el medio de una disputa a muerte entre seres transparentes o ángeles, y seres de sombra o reptilianos. La antigua disputa entre la luz y las tinieblas de la cual hablan todas las tradiciones religiosas.

Justo por esos días vi por los noticieros del mundo entero las decapitaciones de un grupo llamado ISIS en la zona del Oriente Medio. Algo aterrador. Rehenes vestidos de anaranjado despidiéndose de rodillas mientras esperaban ser sacrificados por unos verdugos vestidos de negro que estaban a su lado con cuchillos en la mano. Me pareció una escena terrible y una noche tuve pesadillas y tuve que ir hasta el baño a echarme agua en la cara.

En Galerías, el barrio de la abuela en Chapinero, mi única amiga era Tere, mi vecinita de al lado. A veces hablábamos a través de la reja de los antejardines, o íbamos a la tienda a comer helados juntos, o nos pasábamos videos por internet. Ella era un poco mayor que yo, pero le gustaba hablar conmigo y era muy amable.

Una tarde me encontré en el parque con su novio. Yo estaba jugando baloncesto solo, lanzando al aro con mi balón, tranquilo, sin molestar a nadie, cuando apareció él con sus aires de suficiencia, con su camiseta pegada al cuerpo para que se le vieran los bíceps, que seguramente entrenaba en el gimnasio, y me retó a un partido. Era más grande y más alto que yo, y lo que quería era humillarme e ir después a contarle a su noviecita que me había dado una paliza.

—No, gracias —le respondí, mientras seguía lanzando mi balón sin siquiera mirarlo.

—Un partidito rápido, a veintiún puntos —dijo él parado con las manos en la cintura.

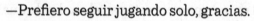

—Prefiero seguir jugando solo, gracias.

—Qué, ¿le da miedo?

No contesté y continué concentrado en mis jugadas.

—Le estoy hablando, mocoso —me gritó enfurecido.

—Ya le respondí. Ahora déjeme en paz.

—¿No quiere que le enseñe a jugar como un hombre?

—No, no quiero.

Entonces se acercó con una actitud agresiva. Antes de que me golpeara, le dije sin amedrentarme:

—¿Vio lo que les pasó a los dos ladrones que intentaron robar en mi casa? Quedaron casi paralíticos. ¿Escuchó lo que dijeron, no le contaron los vecinos? Dijeron que mi casa estaba embrujada... ¿Y sabe qué? Es verdad. Seres de otra dimensión habitan ahí y ahora son mis amigos.

—Qué, ¿se cree Harry Potter? —me dijo con una sonrisa de desdén.

—Hágale, maestro, atáqueme si puede —le respondí con frialdad—. No le tengo miedo. Esos seres le harán cosas terribles.

No se esperaba una actitud semejante de mi parte. Me di cuenta de que no sabía cómo salir airoso de la situación en la que él mismo se había metido por bocón.

—Si lo llego a tocar después va a ir a llorar y a decir que me aproveché porque soy mayor que usted.

—Debería decir la verdad: que no se atrevió a pelear conmigo porque le dio miedo —le dije mirándolo a los ojos con ira contenida.

—Agradezca que no le rompo la cara porque no quiero problemas con Tere —dijo finalmente, se dio la vuelta y se fue.

Cogí mi balón y seguí jugando como si nada. Pero el encuentro me molestó. No quería líos con nadie, aunque en el fondo tenía que reconocer que me disgustaba que ese patán se creyera con el derecho a insultarme y matonearme. Y Tere, que era querida y buena onda, no se merecía a ese imbécil jugando a Míster Músculo, a ser el Señor Hormonas con su peinado y su sonrisa a lo Justin Bieber. La verdad es que era un baboso insoportable.

Por fortuna, al día siguiente llegó el tío Pablo y las noticias que traía de Haití eran sorprendentes. En efecto, debíamos empezar a preparar el viaje para ir al maravilloso jardín de Edward James, perdido en lo más profundo de la selva mexicana.

CAPÍTULO 6

DOCTOR ZOMBI

La misma noche que llegó mi tío de Haití vía Panamá, me puso en contacto con Antoine Duval por internet. Nos llamamos por Skype, Pablo se retiró y nos quedamos solos un señor negro y gordo, que me miraba desde unos lentes de carey, y yo, que en la pantalla no sabía muy bien por dónde empezar la conversación.

—Me *alegga saludagte,* Felipe —me dijo con su acento afrancesado, sin poder pronunciar la erre correctamente.

—Lo mismo digo, míster Duval —contesté yo con torpeza.

Él se sonrió en la pantalla mostrando su dentadura blanca y brillante.

—No soy *misteg,* sino *monsieur, pogque* en la isla hablamos *fgancés* —me dijo con cierta desenvoltura—. *Pego* dime solo Antoine, como si fuésemos viejos amigos.

ZUMBIS

—Usted habla español perfectamente.

—Viví muchos años en Santo Domingo. Me ganaba la vida como *pgofesog* de *fgancés*.

—Yo entiendo algo, pero lo hablo fatal —confesé sin pudor.

—*Miga*, Felipe, yo necesito que estés muy *concentgado* todos estos días, desde antes de *viajag*. Te pido, *pog favog*, que bebas mucha agua, que comas solo pescado, y muchas *vegdugas* y *fgutas*. Descansa, *duegme* bien e intenta *meditag pog* lo menos una *hoga* al día.

—Sí, señor, eso haré, se lo prometo. ¿Vamos a bajar juntos a Agartha?

—No, Felipe, te están *espegando* en una *gealidad pagalela*. Yo te *conducigé* hasta allá.

—¿Quiénes me están esperando?

—Lo sabrás en su momento. Lo *impogtante ahoga* es que te *pgepages* muy bien y que estés *despiegto* y bien *entgenado*.

—¿El jardín de Edward James es un portal interdimensional?

—*Podgíamos llamaglo* así, sí.

—¿Usted llegará primero que nosotros? —pregunté con cierta ingenuidad.

—Yo ya estoy aquí, Pipe —contestó Antoine haciendo girar su cámara y mostrándome la habitación—. Me hospedé en la Posada El Castillo, que es la antigua casa de James aquí en Xilitla. Ya hice las *gesegvas* para ustedes.

—Muchas gracias, Antoine, por su gentileza —dije yo impresionado ante tanta amabilidad. La verdad es que había algo infantil en Antoine Duval que lo conmovía a uno a los pocos minutos de hablar con él.

DOCTOR ZOMBI

Volvió a recordarme que comiera muchas verduras y que bebiera varios vasos de agua pura al día. Era muy importante que estuviera con el cuerpo preparado para el extraño viaje que nos esperaba. Luego nos despedimos deseándonos lo mejor.

Colgué y enseguida busqué a mi tío en la sala de la casa. Me contó que Antoine era un tipo magnífico, de no creer.

—Ya lo sé. Parece más niño que yo —le comenté enternecido por la conversación que acabábamos de tener.

—Es el hechicero de más alto rango en la isla.

—¿Así de poderoso es?

—Hace unos años un brujo vudú intentó enfrentarse con él, hechizarlo y enfermarlo hasta hacerlo morir. Al tipo se le regresó el hechizo y le salieron unas llagas espantosas en todo el cuerpo. Se murió como si tuviera lepra. No podía ni moverse de la cama.

—No te lo puedo creer.

—Me lo contaron los del hotel y luego me lo corroboraron en un restaurante. Antoine es considerado un ángel celestial, un mensajero. Ha salvado a muchos zombis, a muchas personas que las han drogado para esclavizarlas. Le dicen por eso el Doctor Zombi.

—Fascinante —dije yo con la boca abierta.

—Su poder es incalculable. Un chamán mexicano que estaba hospedado en su casa me dijo que en realidad tiene ciento quince años.

—No, tío, tampoooco...

—Eso dicen en la isla. Su poder es de tal magnitud que mucha gente se hospedó en su vivienda durante el terremoto y a nadie le pasó nada. Ninguna pared se vino abajo, no hubo

ZOMBIS

ningún herido. Los organismos de socorro no sabían cómo explicarse algo así.

—Significa que su casa estaba mejor construida que las demás, eso es todo —dije yo intentando ser más racional que el tío.

—No me estás entendiendo, campeón. Lo que la gente dice es que él se paró en el umbral de la puerta principal, a la entrada, y abrió los brazos en cruz mientras murmuraba en voz baja palabras incomprensibles. Toda la isla se agitaba y el piso se agrietaba en las calles. Las casas y los edificios se venían abajo. La de él no. Todo estaba quieto, nada se movía.

—¿En serio?

—Es como si hubiera logrado generar una fuerza tan poderosa en ese justo lugar que contrarrestó el terremoto y le permitió salvar a la cantidad de familias que habían llegado a refugiarse ahí.

—No sé qué decirte, tío.

—Todavía su casa funciona como un hostal donde se quedan niños huérfanos que están esperando ser adoptados por familias en el extranjero... No se parece a nadie que hayamos conocido, es alguien muy especial, ya verás...

Por un momento me lo imaginé con los brazos abiertos en medio del terremoto, como una especie de héroe mítico superando una prueba que los dioses le acababan de imponer. Luego dije con cierta suficiencia:

—Él ya llegó a Xilitla. Me dijo que estaba en la casa de Edward James.

—Sí, él preparará todo para el ritual. Es importante que te cuides de aquí en adelante.

DOCTOR ZOMBI

—Eso me advirtió. Lo que no me dijo es hacia dónde vamos ni con quién.

—El mismo camino te irá mostrando la ruta.

—¿Cuándo salimos?

—Mañana mismo. Ya hablé con tu mamá y con tu papá. Obviamente, no podemos decir nada de esto. Yo les dije que me ibas a acompañar a una investigación y que de paso tomábamos vacaciones. A ellos les viene bien un tiempo solos, sin ti, para que conversen y vuelvan a compartir. Ve a empacar y te recojo temprano en la mañana.

—Gracias, tío. Tú, como siempre, salvándome del infierno —le dije mientras le daba un abrazo muy cariñoso.

—Qué exagerado...

Esa noche llamé a Tere para despedirme. Estaba toda engreída, como si mi llamada le fastidiara.

—¿Te molesta que te llame? —le pregunté abiertamente.

—Cris me contó que tú eres un maleducado y un petulante. Quería jugar contigo en el parque y casi le pegas.

—Esa es la versión de él.

—Yo le creo, él no es un mentiroso —dijo Tere acentuando sobre todo la última palabra.

—¿Y tú crees que yo sí lo soy?

—Mira, Pipe, todas tus fantasías y tus contactos con fantasmas o seres de otra dimensión estaban bien cuando éramos niños. Pero ya crecimos, ya párale a esa onda misteriosa y a estar haciéndote el contactado, el que tiene amigos invisibles.

—Yo no me siento ni misterioso ni contactado, Tere. No sé por qué me atacas.

—Lo mejor que puedes hacer es crecer y aceptar que ya no eres un niño. Madura.

—Ya entendí. No te voy a volver a llamar, no te preocupes.

Y colgué. Y por primera vez en mucho tiempo me tiré en la cama y empecé a llorar. Me dolía profundamente que me hubiera tratado así, que me hubiera llamado contactado misterioso, como si yo me inventara lo de los seres extraños solo para hacerme el inteligente, el raro, el genio, y así llamar la atención sobre mí. No había entendido nada y me arrepentí mil veces de haberle contado alguna tarde esas experiencias. Para despedirse de mí no tenía por qué haberme atacado. Bastaba con decir adiós y pedirme que no la buscara más. Pero no tenía por qué ofenderme así.

Por fortuna, al día siguiente ya me iría del país y me alegraba estar lejos de los lugares que me la recordaban, todos esos sitios del barrio en los cuales yo había sido inmensamente feliz a su lado, con un helado o una botella de gaseosa en la mano.

CAPÍTULO 7

UMMA

En la zona de inmigración del aeropuerto presenté mis papeles y la carta de mis padres autorizando mi salida del país. Aunque los agentes del DAS (Departamento Administrativo de Seguridad) fueron muy amables con mi tío y conmigo, de todos modos llamaron a mi mamá para confirmar que los documentos eran auténticos y que ella estaba enterada de mi salida del país. Me pareció bien que revisaran, que constataran, que se tomaran el trabajo de llamar para evitar de pronto un secuestro o un caso de tráfico infantil.

En el avión todo estuvo normal. Me la pasé viendo películas en la pantalla personal, hasta que unos minutos antes de aterrizar en Ciudad de México el avión atravesó una zona de turbulencia y todos los pasajeros quedamos lívidos, aterrados. Las

ZOMBIS

alas se movían como si fueran de mentiras, como si nos hubiéramos subido en un juguete, en un avión de plástico o de cartón. Ascendíamos y descendíamos de manera súbita, intempestiva, y las azafatas tuvieron que sentarse y ponerse el cinturón de seguridad. Algunos de nuestros vecinos gritaban y se daban la bendición. La verdad es que pasamos un susto tremendo.

En el aeropuerto de CDMX nos estaba esperando Javier, el conductor de Yuriria, una amiga mexicana de mi tío donde nos hospedaríamos. La ciudad me parecía como una Bogotá más grande, con sus mismos colores, con el cielo gris, y las construcciones eran como dobles de las casas y los edificios bogotanos. Las personas también eran idénticas, aunque con el paso de los días me daría cuenta de que primaban allá ciertos rasgos indígenas que les dan a los mexicanos cierto aire ancestral, milenario.

Yuriria es una experta en trata de personas y en derechos humanos. Mi tío y ella se conocían porque habían estado juntos en unos seminarios y conferencias, y desde entonces se carteaban y guardaban una sana amistad. Su apartamento quedaba en un segundo piso de la colonia Roma, en la calle Acapulco número 51. Era un lugar de dos niveles, con pisos de madera, grandes ventanales y un balcón que daba a la calle. Me sentí como en mi propia casa. Yuriria era gentil, amable y tenía buen humor. Mi tío y ella se hacían chistes negros todo el tiempo.

Pero lo que realmente me sorprendió fue que de repente, escondidas debajo de una mesa del cuarto donde yo estaba dejando mi morral, dos orejas peludas aparecieron, una blanca y la otra negra. A los pocos segundos, surgió el hocico y un ojo oscuro y el otro completamente blanco. Era la cara de un perro que me observaba en detalle, como tanteándome, como midiendo si íbamos a ser amigos o enemigos.

—Es una perra, se llama Umma —me gritó Yuriria desde el primer piso.

No tengo palabras para expresar la increíble inteligencia de ese animal, su nobleza, su agudeza, su capacidad para demostrar afecto.

—Hola, Umma, me llamo Felipe y soy colombiano —le dije en voz baja y le extendí la mano para saludarla.

Y, como si fuera una persona, ella salió de su escondite y me tendió la pata también, como si quisiera estrecharme la mano con fuerza. A partir de ese momento fuimos inseparables. Nos la pasábamos juntos para arriba y para abajo, jugábamos, le daba pan y galletas en la cocina, nos acostábamos juntos a descansar. Me prometí que apenas tuviera la oportunidad tendría un perro, un amigo del calibre de Umma. Ella es una *border collie* blanca con negro . Luego miré en internet y decían que esa raza es la más inteligente de todas. Son perros que superan a los demás en destreza física, en concentración y en capacidad para descifrar las pruebas.

Descansamos en CDMX un día completo. Luego tomamos el metro en la estación de Chapultepec, en medio de una serie de casetas de comercio donde vendían de todo: ropa, juguetes, celulares, comida. El tren subterráneo me encantó. Era rápido, anaranjado, paraba en cada estación apenas unos cuantos segundos y volvía a arrancar con fuerza y velocidad. Mi tío me llevó al acuario en la tarde y me la pasé de maravilla. Vi rayas, anémonas, pescados de todos los colores, caballitos de mar,

ZOMBIS

medusas atravesadas por luces rojizas que parecían seres de otra galaxia, tiburones, morenas y al final pude ver a varios pingüinos nadando de un lado al otro de una piscina gigante.

Cuando salimos, había al frente, cruzando la calle, una construcción muy extraña, metálica, que daba la impresión de ser un aparato alienígena que acabara de aterrizar en nuestro planeta. Era el Museo Soumaya. La entrada era gratis y recorrimos las distintas salas hasta el último piso. Allí me quedé inmóvil frente a un Cristo de Dalí, una escultura que parece un bailarín de flamenco. Recordé que James y este artista español habían sido muy amigos. A los pocos pasos me tropecé con un ángel con sus alas muy abiertas, como si estuviera emprendiendo el vuelo, como si estuviera aleteando para elevarse por los aires. *El mensajero*. No dejaba de pensar que eso era yo, un individuo que debía portar misivas de un mundo a otro. El único problema era que yo no había encontrado mis alas todavía, no sabía volar.

Luego, de regreso a la colonia Roma, vi el Ángel de la Independencia de México, el símbolo de la ciudad, una escultura dorada suspendida a varios metros del piso, sobre el paseo de la Reforma. El tío me explicó que es un homenaje a los héroes de la independencia mexicana. Pero yo estaba pensando en otra cosa: en que me empezaba a tropezar por todas partes imágenes que hacían alusión a la misión que me había sido encomendada: transformarme en ángel y comunicar un mensaje que aún no sabía con precisión cuál era.

Cuando llegamos al apartamento, Yuriria nos había comprado los tiquetes por internet para viajar hasta Xilitla a la mañana siguiente. Mi tío le pagó el porte de los mismos y yo me subí a jugar con Umma un rato. A los pocos minutos, Yuriria nos contó que había comprado boletas para ir a lucha libre y que era una invitación de su parte. Mi tío y ella me explicaron que la lucha libre en México era toda una tradición popular. Varios de los héroes mexicanos habían sido luchadores: El Santo, Blue Demon, Fray Tormenta (un sacerdote de verdad que también era luchador), Superbarrio Gómez.

Esa noche fue increíble. Ya frente al cuadrilátero fui testigo primero de la salida de Los Reyes del Averno y de Los Hijos del Sol entre música electrónica y cánticos rituales. La fanaticada se puso de pie y les gritó de todo a los luchadores. Hicieron llaves, se lanzaron desde las cuerdas, se patearon los unos a los otros. Un muchacho joven que estaba a mi lado aullaba a voz en cuello:

—¡Pórtense guerreros, no aflojen!

Otro les decía a Los Reyes del Averno enfurecido con las manos a los lados de la boca:

—¡No se achiquen, ustedes son los hijos del infierno! ¡Ustedes son más fuertes porque son los malos!

Y, para mi sorpresa, ganaron, en efecto, los que estaban vestidos de negro, los malos. En la tele y en el cine siempre es al revés.

ZOMBIS

Luego se enfrentaron Electroshock contra Mephisto. El nivel iba en aumento. Eran luchadores más profesionales, más ágiles, más agresivos. Salieron del cuadrilátero, se lanzaron sillas plegables, atacaron al árbitro, volaron de lado a lado hasta rodar por las primeras filas de los aficionados, que les gritaban que fueran machos, que no se dejaran zarandear por el enemigo.

La tercera y última pelea fue entre Doctor Sangriento y El Hijo del Fantasma. Los giros, los lanzamientos, las patadas voladoras y los estrangulamientos eran aún más espectaculares. Yo miraba todo con la boca abierta. Me sentía en otro planeta. La situación me parecía rarísima, como si estuviera metido en una película.

En un momento dado, el vendedor de refrescos, un indígena que iba entre los asientos ofreciendo bebidas, se hizo a mi lado y, sin que mi tío ni Yuriria se dieran cuenta, me dijo:

—Debes volar en globo sobre Teotihuacán después del viaje a Xilitla, recuérdalo. Es muy importante. Más tarde sabrás por qué. Buena suerte, amigo.

No supe qué hacer ni qué decir. El indígena desapareció entre las filas traseras y salió del coliseo. No lo volví a ver. Ni mi tío ni Yuriria, que se reían con el *show* de los luchadores, notaron nada salido de lo normal.

A la salida, mi tío me compró una camiseta de Fishman amarilla con verde. Le conté lo sucedido y me dijo que él sentía también que todo el tiempo estábamos siendo vigilados. Ya en el apartamento, mi tío le preguntó a Yuriria que cómo se podía volar sobre las pirámides de Teotihuacán. Ella respondió sin pensarlo dos veces:

—En globo. Mi hermana lo hizo y dijo que era fantástico. Si quieren les reservo dos cupos para cuando regresen.

Lo hicimos en dos minutos por internet. Yo subí a acostarme porque al día siguiente nos estaban esperando varias horas por carretera. Umma se hizo a mi lado, puso su cabeza sobre mis piernas y nos quedamos ambos profundos.

CAPÍTULO 8

EL REINO PERDIDO DE EDWARD JAMES

Fueron primero tres horas desde Ciudad de México hasta Querétaro. Carretera en línea recta, un bus cómodo, sin complicaciones. Luego vino la carretera por la sierra hasta Xilitla. Curvas cerradas, un camino serpenteante, niebla. Siete horas por entre las montañas mexicanas, entre la bruma, con el estómago revuelto y la cabeza a punto de estallar. Difícil, yo estaba a punto de vomitarme.

Finalmente, con los morrales al hombro, encontramos la posada El Castillo en medio de un callejón empedrado en Xilitla. Una construcción fantasmagórica, llena de símbolos curiosos, de manos que salen de las columnas, de seres mitológicos que aparecen en las paredes, de trazos esculturales que van y vienen por los muros del lugar. Todo un misterio. Nos hospedamos en la que era la habitación del propio Edward James. Una foto suya adorna la parte alta de la habitación, una foto en la que va caminando con dos papagayos parados en sus brazos.

Las encargadas del lugar, dos hermanas que eran las nietas de Plutarco Gastélum, el indígena yaqui amigo de James, nos dijeron que Antoine Duval ya estaba en el jardín y que nos esperaba a la noche siguiente allá, a unos tres kilómetros del pueblo.

Yo me sentía extraño, como metido en una película fantástica, como si fuera el protagonista de una historia gótica de aventuras fabulosas. El tío se quedó profundo porque, sumando los tiempos de espera en las terminales, llevábamos más de doce horas viajando. Le dolía todo el cuerpo y tenía un dolor de cabeza que no le permitía ni hablar siquiera.

Esa noche soñé con el propio Edward James que se me acercaba de la mano de la abuela, y me decía:

—El jardín está construido, en realidad, por un espíritu femenino e infantil, por una niña más o menos de tu misma edad. Disfrútalo, juega con ella y viaja a través de él.

Me desperté y miré el reloj. Eran las cuatro de la mañana. Había olvidado ajustar el horario. En México era una hora antes. Aproveché y cuadré las manecillas en las tres en punto. Abajo, en el primer piso, se escuchaban pisadas, muebles que se corrían de un lado a otro, voces que murmuraban palabras ininteligibles. Me di la vuelta y procuré dormirme de nuevo.

EL REINO PERDIDO DE EDWARD JAMES

Al día siguiente desayunamos huevos a la mexicana, con tortillas de maíz y salsas picantes. En México todo es picante: el guacamole, los fríjoles, las carnes, a veces hasta la fruta que le sirven a uno en la mañana. Recorrimos el hotel y vimos objetos personales de James y de Gastélum, obras de arte, subimos y bajamos por las escalerillas de metal, tomamos fotografías de los moldes de madera que habían servido para construir las curiosas figuras del jardín.

Almorzamos cerca de la plaza principal, justo frente a la iglesia antigua que le daba al pueblo un aire lejano, muy antiguo, casi irreal. Nos sorprendió ver que las esculturas de los santos y de la Virgen estaban tapadas con unas mantas de color morado. Parecía como si se tratara de extraños rituales de brujería. Daba miedo mirar por las ventanas de la iglesia.

En las horas de la tarde caminamos los dos o tres kilómetros hasta el jardín. Era una carretera tranquila, llena de árboles y de canteras de una piedra aguamarina que se usa en esa zona para la construcción. La humedad lo corroe todo, y los carros y las piezas metálicas en general se oxidan con rapidez. Esa misma humedad nos hizo sudar a chorros y llegamos al lugar con las camisetas empapadas.

Un guía nos estaba esperando, un hombre de edad ya avanzada. Nos dijo que Antoine llegaría a las seis y media, cerrando la tarde, y que primero él nos mostraría el lugar. Apenas entramos, nos dijo:

ZOMBIS

—Se trata de un laberinto que, como muchos de los grabados del surrealismo, va y viene, sube y baja, avanza y retrocede al mismo tiempo. No está construido para ser percibido en las tres dimensiones lógicas de la mente racional, sino para ser visto con los ojos del sueño, de la imaginación, de las leyes que rigen el universo onírico. Son palacios, templos y monumentos que se mezclan con los bejucos, con las lianas, con el musgo, con las ramas y las hojas, que poco a poco van tejiendo una arquitectura evanescente que nos habla de un reino perdido: el reverso de la realidad, el otro lado del espejo, el territorio de Alicia en el País de las Maravillas, donde cada objeto se diluye en muchos objetos a la vez.

Yo estaba mudo. Empezamos a subir y a bajar por una serie de construcciones increíbles, con figuras de pájaros, flores y animales como ballenas que se tomaban los muros y las columnas. El guía continuaba diciendo:

—A lo largo de este laberinto surrealista vamos atravesando puertas, cruzando umbrales, ingresando en uno y otro estadio que se alejan progresivamente del mundo tangible. Se trata de agujerear lo real, de abrir huecos e intersticios por los cuales podamos huir de la inmediatez, de la rutina, de la falacia de los sentidos, de nosotros mismos.

ZOMBIS

Recorrimos varias plazoletas, corredores con los muros invadidos por el musgo, pasamos por debajo de orquídeas gigantescas hechas en concreto y subimos y bajamos escaleras que después nos dejaban en el punto inicial. Parecíamos estar viajando por una dimensión desconocida.

En algún momento, le pregunté al guía:

—¿Conoció usted al propio James?

El hombre se detuvo y aprovechamos para tomarnos un descanso. Bebimos de una cantimplora de agua fría que habíamos llenado previamente en el hotel. Me contestó sonriendo, como si la memoria le estuviera trayendo gratos recuerdos del pasado:

—Por supuesto. Fui uno de sus trabajadores más cercanos. Era un gran hombre y muy generoso con nosotros. Siempre pagaba los sueldos oportunamente e incluso nos daba propinas e incentivos para nuestras familias. Lo respetábamos mucho, pero también le teníamos mucho miedo.

—¿Por qué? —volví a preguntarle mientras sentía cómo me refrescaba el agua la garganta.

—Porque a veces, en ciertas noches de luna llena como la de hoy, él subía hasta la parte más alta de la montaña, escondido entre los árboles, se recostaba en un camastro, rodeado por varias velas encendidas, y entraba en trance, mutaba, encarnaba otros estados entre el ruido de los pájaros y los insectos. En verdad, viajaba, auscultaba el misterio, intentaba develar el oscuro designio de eso que llamamos realidad. Cuando bajaba, miraba diferente, su voz había cambiado y no le gustaba que nos acercáramos a él. Por eso le decíamos entre nosotros el chamán James.

—Pero nunca hizo nada contra ustedes —dije yo muy concentrado en las palabras del guía.

—No, jamás. Pero en más de una ocasión nosotros vimos luces en la parte alta de la montaña, luces que bajaban del cielo justo al sitio donde él se encontraba.

—¿Y qué creen ustedes que era? —preguntó mi tío muy sorprendido.

—Los maestros, señor, los antiguos maestros que se comunicaban con él. Por eso en varias comunidades indígenas lo considerábamos un brujo, un médico espiritual. El problema era que también lo atacaban fuerzas oscuras, seres malignos que intentaban debilitarlo. Y entonces se ponía triste, se encerraba en el castillo sin salir y lloraba durante días enteros.

Seguimos recorriendo el jardín hasta llegar a la parte alta, donde las aguas de una cascada bajaban con fuerza e iban conformando distintos estanques que el propio James había aprovechado para decorar con figuras circulares y zigzagueantes. Los lugareños llaman a esa serie de piscinas que están escalonadas Las Pozas, así, en femenino. Cuando llegamos a la cascada principal nos detuvimos y nos dimos cuenta de que el sol se estaba ya ocultando.

ZOMBIS

El guía nos sonrió, nos hizo una reverencia y se despidió diciéndonos adiós con la mano:

—Les deseo lo mejor. Ya dentro de poco llegará el señor Antoine por ustedes. Fue un placer mostrarles el camino.

Le dimos las gracias, el tío quiso pagarle algo pero el hombre se negó y dijo que lo hacía por motivos distintos al dinero. Nos quedamos solos y la noche se fue apoderando lentamente del firmamento. El sonido de la cascada nos generaba un efecto hipnótico. Entonces, por uno de los corredores a mano izquierda del jardín, vimos a un hombre negro corpulento venir hacia nosotros todo vestido de blanco.

CAPÍTULO 9

EL MENSAJERO

Nos abrazamos con Antoine como si fuésemos viejos amigos. Su sonrisa demostraba toda su bondad. Mi tío le dio las gracias por haber cambiado la cita y por estar tan pendiente de nosotros. Él le contestó con afecto y camaradería:

—*Señog* Pablo, le voy a *pedig* un último voto de confianza, un acto de fe muy difícil, pues sé cuánto ama a su *sobgino* y cómo lo *pgotege*. Le voy a *pedig* que se *getire* unos pasos, que salga del estanque y que se siente allá, *detgás* de la *geja* —y le señaló la puerta de entrada por donde habíamos ingresado minutos antes.

Mi tío asintió y caminó hasta el lugar indicado por Antoine. Apareció arriba de nosotros la luz potente de una luna llena que iluminó el agua de un modo especial, como si acabaran de

ZOMBIS

encender un proyector desde la cascada que caía con fuerza. La niebla era atravesada por esos rayos iridiscentes que encendían el agua hasta encandilarnos cuando la mirábamos de frente.

Antoine me ordenó en un tono cariñoso:

—Ven, *agodíllate*, tengo que *metegte* la cabeza en el agua.

Me incliné y él me hundió con suavidad la cabeza entre esas luces que parecían provenir de un firmamento centelleante. Fue un instante fugaz en el que un estremecimiento general me recorrió el cuerpo entero. El agua estaba fría y pequeños chorros me escurrían por la espalda y el pecho. Antoine murmuró una especie de oración, como si estuviera enunciando unas palabras mágicas hacia el cielo. El viento agitó las hojas de los árboles a nuestro alrededor y se escuchaba el ruido de las ramas entrechocando entre sí en el aire. Saqué la cabeza para tomar aire y Antoine me giró hasta quedar con la cara hacia arriba, hacia la luna. La luz me dio de frente y quedé momentáneamente ciego. Entonces sentí que me desvanecía, que me iba, que ese intenso destello me transportaba a través de la selva, por entre la bruma de esa noche mágica en la que ya jamás volvería a ser el mismo.

Abrí los ojos y estaba en otro tiempo, en otra ciudad. Vi a un hombre de bigote espeso escribiendo a altas horas de la noche con una pluma grande que él agarraba temblorosamente. En la hoja alcancé a leer el título de ese poema en el que estaba trabajando: *The Raven (El cuervo)*. Entonces lo reconocí y supe de quién se trataba: era el escritor de cuentos de terror, Edgar Allan Poe. Se le veía triste, melancólico, desesperado.

Lo vi también acercándose a los hospitales a altas horas de la noche y pagándole unas cuantas monedas a los que

EL MENSAJERO

custodiaban las morgues para que lo dejaran entrar de manera clandestina y contemplar y acariciar los cadáveres que estaban tendidos sobre las mesas. Esos cuerpos sin vida, amarillentos, apergaminados, le fascinaban de un modo especial. Sacaba una libreta y anotaba frases y versos que luego utilizaría en sus textos.

En una secuencia distinta vi que se enamoraba de una joven que parecía tener mi edad, de una niña. Era su prima, Virginia Clemm. Los dos hablaban hasta altas horas de la noche, se reían, él le leía cuentos fantásticos que a ella le daban miedo. Virginia sufría de una enfermedad terrible: la catalepsia. Le daban unos ataques que la dejaban en el piso sin sentido, amarilla, paralizada, muerta. El corazón mismo se detenía y quedaba sin signos vitales. Poe la amaba, le cogía la mano, le leía poesía, escribía y escribía febrilmente sobre ese cuerpo que estaba suspendido en la nada y que, de algún modo extraño que yo no entendía, le recordaba esos otros cuerpos que él acariciaba en las morgues de los hospitales. Un tiempo después, ella regresaba de los ataques y él la besaba, la mimaba, le decía al oído cuánto la quería.

Pero un día pude ver que ella se moría de verdad. El cadáver empezaba a descomponerse y olía a carne putrefacta. Los vecinos y la madre de Virginia, María, tuvieron que arrancarle el cuerpo de las manos al escritor. De allí en adelante su vida no fue más que soledad, abandono y desesperación. Caminaba por las calles hablando solo, se quedaba a dormir en el verano en cualquier parque público y se escondía en bares y tabernas a beber unas cuantas copas de alcohol en secreto, sin que nadie lo observara. Al final de su vida lo vi morir en un hospital de caridad, entre indigentes y vagabundos callejeros.

ZOMBIS

Luego vi a un pintor que trazaba bocetos de mineros y campesinos en los pueblos más apartados de su país. Gracias a una firma que estampó en uno de sus cuadros, *Los comedores de papas*, supe de quién se trataba: Vincent van Gogh. Leía la Biblia y se pasaba los días enteros entre la gente humilde, entre los trabajadores y los operarios. Seguía el mensaje de Jesús al pie de la letra: no estar entre los poderosos y los ricos, sino entre los que nada tenían. Dormía en un jergón de tablas en el piso, estaba sucio y desaliñado, no se afeitaba y casi no comía. Llevaba siempre la misma ropa y se ponía todos los días unas botas sucias llenas de barro. Pintaba también cuadros exuberantes, muy coloridos, con manchones que iban y venían por la tela, estrellas, soles incandescentes, astros fabulosos.

Una noche lo vi discutir con otro pintor amigo por una mujer joven que decía amarlos a los dos al tiempo. Van Gogh entonces se mutiló la oreja izquierda y fue después donde la muchacha a entregarle ese pedazo de carne entre un pañuelo ensangrentado. A la mañana siguiente lo internaron en un manicomio.

En una escena tremenda en unos trigales donde lo vi pintar un cuadro extraordinario con unos cuervos volando sobre el campo, se disparó en el corazón y quedó tendido sobre los cultivos. Vi cómo movía los labios y alcancé a escuchar que oraba, que le decía a Jesús que no había sido digno de su mensaje.

Finalmente, fui testigo de la vida del otro pintor que vivía con Van Gogh. Se llamaba Paul Gauguin y era un tipo alto, fuerte, intempestivo. Después del episodio de la automutilación de su amigo, él decide irse de la civilización occidental. Lo vi descender de un barco en Panamá y trabajar en la

EL MENSAJERO

construcción del famoso canal en ese país. Pero allí contrae la fiebre amarilla y una enfermedad venérea, la sífilis, que lo debilita y lo obliga a pasar días enteros en la cama.

Cuando ya está un poco más recuperado decide continuar su viaje hasta la Polinesia y vive entre los nativos de la zona. Sus pinturas se vuelven una sinfonía multicolor que lo hacen un artista inconfundible, único. Pero contrae otra enfermedad atroz que ronda las islas: la lepra. Lo vi con ataques de fiebre amarilla, de sífilis y con la lepra extendiéndose por una de sus piernas. Era deprimente verlo en ese estado, tan disminuido por sus dolencias, tan acabado. En la recta final de su vida no podía ni siquiera caminar. Unos muchachos indígenas lo transportaban por la jungla en una carretilla de madera. No era justo que un artista tan talentoso sufriera de esa manera tan cruel. Me invadió una profunda tristeza llena de compasión por él.

De la selva de la Polinesia donde vivía Gauguin pasé a la selva de Xilitla, con sus árboles meciéndose entre el viento que los acariciaba en medio de la noche, con esa luna llena cuya intensa luz me había dejado en trance, viajando a través del tiempo y del espacio. Seguía sintiendo el agua de la cascada en mi cabello mojado, en mi cuello, en mi pecho, donde algunas gotas heladas aún permanecían intactas. Respiré agitadamente, llenando los pulmones del aire fresco que se extendía por todo el lugar. Entonces la voz de Antoine retumbó contra la montaña:

—*Maestgos* de la luz y el conocimiento, guías *espigituales* que *cguzan* el mundo en silencio, *mentoges* de paz y de *concogdia*, a *pagtig* de hoy contamos con un nuevo *mensajego*, con un

LUMBIS

espígitu pugo y limpio, con un alma *cgistalina* como el agua en la que acabamos de *bautizaglo. Pgotéjanlo,* cuídenlo y *sob-ge* todo ilumínenlo con su *sabidugía paga* que pueda *llevag a otgas pegsonas* mensajes de *amog, fgaternidad* y *solidagidad.* Que los dioses te sean *pgopicios,* Felipe.

Antoine cogió agua entre sus manos unidas y me la echó en la cabeza. Remató diciéndome:

—Lo que acabas de *veg* son las *fuegzas* negativas que *pge-tenden tomagse* el mundo. Las *fuegzas* de la *tgisteza,* de la desilusión y de la *desespeganza,* que atacan a veces a *nuestgos mejoges hegmanos* y *hegmanas.* Hay un plan *paga aniquilag-nos, paga impedignos avanzag,* y hoy has venido hasta aquí *paga seg* testigo de esos *oscugos* designios.

En ese momento vi que aparecía el rostro de una niña rubia con una falda rosada detrás de la cascada. Recordé mi sueño y supe que era el espíritu de Edward James, el espíritu juguetón e infantil que había construido el jardín. Ella atravesó el agua, me tomó de la mano, y, con su voz angelical, me dijo:

—Yo te conduciré.

Y entonces todo volvió a desaparecer y empecé a flotar en el aire, como si volara, como si tuviera alas de verdad.

CAPÍTULO 10

LOS SERES DE LA OSCURIDAD

La niña me condujo hasta una de las obras del jardín a la que llaman *Una escalera al cielo*. Subimos cogidos de la mano los peldaños y luego, ya en la parte de arriba, ella me dijo:

—Mira, así construimos este lugar, así fue mi vida.

Aparecieron de un lado y del otro varios trabajadores, unos cincuenta hombres que cargaban arena, cemento, maderas, moldes, espátulas, machetes, baldes de agua. Trabajaban a pleno sol y debido a la humedad sudaban a chorros. En el centro de la escena, James y Plutarco Gastélum daban órdenes, colaboraban, mostraban los diseños de las esculturas para que los obreros entendieran el estilo de cada una de las obras. Vi que a veces James se alejaba de los grupos de trabajo para estar a solas consigo mismo. Leía poesía, cantaba,

ZUMBIS

se escondía entre la maleza para fantasear a su antojo. Pero vi que también lo rondaban espíritus oscuros , siniestros, seres horripilantes que lo perseguían para dañarlo, para herirlo, para destruirlo. Él intentaba sobreponerse a esos ataques y continuaba con la obra feliz, entusiasmado, como si nada raro estuviera ocurriendo. Pero no, los seres no se rendían tan fácilmente y volvían a asaltarlo cuando él menos se lo esperaba. Entonces una profunda tristeza lo invadía y no le encontraba sentido a nada de lo que hacía. No lograba conciliar el sueño, comía a deshoras y sin equilibrar los alimentos, bebía vino hasta quedar completamente borracho y se dormía por ahí, en cualquier rincón del jardín. Era cuando lloraba durante horas enteras, se lamentaba de su inmensa soledad, se preguntaba por qué los demás tenían una familia, unos hijos, nietos, amigos sinceros, y él no. Sospechaba que lo buscaban solo por su dinero, que se acercaban a él esperando ayuda, siempre detrás de un interés definido: plata, plata, plata. Sentía a los seres humanos como individuos rastreros, dominados por sus bajas pasiones.

Pude verlo también en su casa en Xilitla, en su castillo surrealista, encerrado durante semanas en su cuarto sin siquiera bañarse. Una empleada le subía la comida y se la dejaba al frente de la puerta. Él a veces comía y a veces no, a veces se atragantaba hasta vomitarse y a veces podía aguantar hambre durante días tomando solamente agua del grifo del baño. Era entonces cuando lloraba y lloraba sin parar. La humanidad le

LOS SERES DE LA OSCURIDAD

parecía un infierno, un agujero espantoso adonde nos habían enviado solo a sufrir desde el momento de nuestro nacimiento hasta el de nuestra muerte. Recordaba las escenas de la Segunda Guerra Mundial, los bombardeos, las casas destruidas, sus conocidos mutilados, sin ojos, sin brazos, amputados o trastornados mentalmente para siempre.

¿Por qué éramos así, por qué teníamos que comportarnos como bestias?

En esos momentos de agobio y de melancolía extremos era cuando pensaba en acabar con su vida, en suicidarse. ¿Por qué no? ¿Qué sentido tenía su vida si la verdad era que el rumbo de la historia seguiría su curso normal hacia la barbarie y el exterminio? James se levantaba de la cama y se arrastraba hasta el baño para echarse un poco de agua en la cara y respirar. No le encontraba sentido a continuar con vida, no sentía ganas de hacer nada, todo le parecía insufrible, tedioso, hiriente. Para empeorar las cosas, empezaba a envejecer, y cada mañana sentía los músculos tensos y la espalda le dolía desde la nuca hasta el coxis. Los días de frío estornudaba, le dolía la nariz y se daba cuenta de que se estaba convirtiendo en un anciano, en un cuerpo decrépito y avejentado.

Por órdenes del propio James, una de sus empleadas indígenas le llevaba unas plantas que él utilizaba como calmantes y somníferos. Eran las épocas en las que dormía catorce y quince horas seguidas. ¿Despertarse para qué? No quería abrir los ojos y tener que enfrentar esa realidad amarga, repetitiva,

ZOMBIS

trágica. Pensaba que venir a este mundo era no solo ilógico, sino el plan cruel de alguna deidad macabra. Se trataba de sufrir, de enfermarse y de morir. ¿Qué sentido tenía algo así? La gente que dice querernos habla a nuestras espaldas y nos calumnia e intriga en contra nuestra; los que dicen amarnos nos dejarán de amar algún día; a los que nosotros amamos también llegará la hora en la que no sentiremos nada por ellos; en todos los continentes había trabajadores humildes que escasamente podían llevar a sus casas algunos mendrugos de pan; los hospitales y los manicomios estaban atiborrados de personas gimientes que ya no podían más. ¿Para qué despertarse y tener que ver un mundo así? Era entonces cuando continuaba sin salir de la habitación, con las cortinas cerradas, y se daba la vuelta y volvía a dormirse para huir del infierno en el que se le había convertido su propia existencia. Y los seres malignos ahí, rondándolo, acechándolo, felices de vencerlo, de tenerlo derrotado. Habían logrado su objetivo: convertir el castillo surrealista en una tumba y a James en un zombi.

En esas largas temporadas en las que nadie veía al inglés por ninguna parte, Plutarco, su gran amigo mexicano, era el encargado de continuar con las obras del jardín. Asumía el control, daba órdenes, transportaba materiales, trabajaba hasta altas horas de la noche. Muchas de las figuras y de los trazos que completaban los bocetos iniciales eran suyos. Lo mismo sucedía en el castillo: tenía que mandar a comprar las provisiones, asegurarse de que las empleadas mantuvieran el

LOS SERES DE LA OSCURIDAD

lugar limpio, revisar las tuberías y, sobre todo, no permitir que su mujer y sus cuatro hijos se sintieran abandonados.

A veces, en las noches, Plutarco daba unos cuantos golpecitos en la puerta de James y entraba. El olor amargo a sudor reconcentrado de la habitación delataba que el inglés llevaba varios días sin bañarse. Hablaban largamente sobre las obras y James le decía al mexicano que dejara eso así, inconcluso, a media marcha, que se lo tragara la maleza y el olvido.

—No podemos permitir algo así —afirmaba Plutarco con serenidad.

—El arte no sirve para nada, querido amigo, no cambia el mundo —decía James debajo de sus cobijas.

—Pero lo hace más llevadero —contestaba el mexicano—. Sin arte el mundo sí sería de verdad un infierno.

Un día cualquiera, fuerzas lumínicas de gran intensidad lograban que los seres oscuros se retiraran y dejaran a James en paz. Entonces él se levantaba de nuevo con fuerza, con energía, se bañaba durante horas, se cortaba la barba, se vestía con sus mejores prendas, dejaba dinero e instrucciones para continuar con la construcción del jardín, empacaba una maleta y se iba a recorrer el mundo.

Su lugar preferido era la India. Vagabundeaba durante horas por los mercados públicos, por los callejones oscuros de Calcuta, de Bombay, de Nueva Delhi. Entraba a los templos, oraba, cruzaba el desierto de Hyderabad, viajaba en los techos de los trenes, dormía a la intemperie, visitaba ruinas milenarias, tomaba notas de antiguos manuscritos, meditaba con maestros hindúes junto al Ganges, y, por encima de todo, dibujaba, trazaba, elaboraba bocetos, figuras, formas, símbolos

ZOMBIS

para su jardín del Edén. Los seres oscuros no lograban ni acercársele siquiera. Él despedía vitalidad, potencia, creatividad pura. Era una especie de semidiós al que le había sido encomendada una misión urgente: embellecer el mundo.

Y regresaba a Xilitla a aplicar las nuevas ideas, a construir formas inéditas, a continuar con el laberinto que debía conducir a los seres humanos al perdón de todos sus pecados.

Hasta que las presencias de la oscuridad, que siempre lo estaban rondando, vencían de nuevo y lo obligaban a quedarse en el castillo como si fuera una prisión, a encerrarse en su habitación como si se tratase de una celda, a quedarse durmiendo en su cama como un muerto viviente.

En las imágenes finales, lo vi morir en Italia, lejos del paraíso que había construido con sus propias manos al otro lado del mundo. Y sus restos los enviaron después a Inglaterra, adonde tampoco pertenecían ni su espíritu ni su obra. Era como una broma macabra, como si los seres siniestros hubieran logrado condenarlo a permanecer donde él menos lo deseaba: en ese continente que había masacrado, bombardeado, que había construido crematorios y cámaras de gas. Y el jardín paradisíaco se había quedado huérfano en medio de la sierra huasteca mexicana, en América, en el Nuevo Mundo, en el lugar donde aún era posible fundar una nueva realidad.

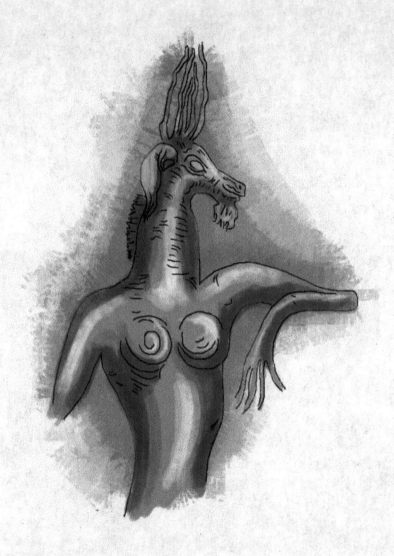

CAPÍTULO 11

TRES BOTELLAS FATALES

La niña me condujo hasta otra de las obras a la que le dicen *El palacio de la soledad*. Me dejó en la parte alta, sobre uno de los muros, y me dijo adiós con la mano. Sabía que era el propio James quien se estaba despidiendo de mí. Quise abrazarlo, darle las gracias por un sitio tan maravilloso, pero él-ella se estaba marchando ya hacia las profundidades de la selva. Me desvanecí y perdí el conocimiento.

A los pocos minutos llegaron Antoine y mi tío, y me ayudaron a levantarme. Yo escasamente podía caminar. Me abrigaron con unas mantas y me condujeron hasta la salida del jardín, donde nos estaba esperando un *jeep* para llevarnos al hotel.

—Hasta aquí llega mi *integvención* —dijo Antoine poniéndome su mano en la frente —. Haz un buen uso de los *podeges* que *ahoga* tienes. Que tengas una vida *pgovechosa*.

Y volvió a entrar en el jardín y se perdió entre los corredores y los muros del lugar. El carro arrancó y mi tío me llevaba abrazado.

Dormí hasta el mediodía siguiente. Me levanté con un hambre atroz y comí huevos a la mexicana, tortillas con guacamole, fríjoles refritos, quesadillas y café con leche. Me sentía como si la noche pasada hubiera alucinado, como si acabara de salir de una fiebre que me había tenido delirando durante varios días.

Me di cuenta de que las figuras que estaban dibujadas en las paredes, los seres-lagarto que estaban en el primer piso, frente a la cocina y en uno de los corredores laterales, eran los mismos seres malignos y dañinos que rondaban a James du‑

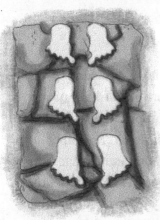

rante sus crisis y sus depresiones. ¿Los veía, los había pintado para dejar constancia de que conocía bien a sus enemigos? Además, a la entrada de la casa, en el antejardín, recién atravesaba uno la reja principal, había unas huellas enormes hechas en cemento, huellas gigantescas no humanas. Luego, en una de las escaleras, esas huellas volvían a aparecer, esta vez pintadas de blanco a lo largo de los escalones que bajaban al sótano. ¿Eran las huellas de quién, de quiénes?

Eché un vistazo en su biblioteca y me tropecé con un libro inquietante: *Platos voladores de otros mundos*, escrito por un tal Donald Keyhoe, mayor retirado de la Marina de Estados Unidos. Y en una de sus primeras páginas, con pulso

TRES BOTELLAS FATALES

tembloroso, alguien (supuse que había sido el propio James) había subrayado una frase: "Seres de otros mundos nos mantienen bajo vigilancia constante". Era la única oración que estaba resaltada en todo el libro. ¿Esos seres de los que habla Keyhoe son los mismos que presentía James a su alrededor, los mismos que estaban en los muros del castillo, los mismos que yo había visto durante mi trance junto al chamán Antoine Duval? ¿Quiénes son, de dónde vienen, por qué desean destruirnos?

En uno de los capítulos se hablaba de individuos de otros planetas que habían visitado el nuestro desde siempre. En una galaxia con millones y millones de estrellas y cuerpos celestes de todas las formas y tamaños, era imposible que nosotros fuéramos los únicos. Pensar de ese modo demostraba nuestra arrogancia, nuestro engreimiento. La verdad es que seres de diferentes niveles, unos más avanzados y evolucionados, y otros, como nosotros, hasta ahora desprendiéndose de sus orígenes animales, venían surcando el cosmos desde tiempos inmemoriales.

El mayor Keyhoe aseguraba, además, que en algunas plataformas secretas que el Ejército de los Estados Unidos mantenía bajo tierra, estaban algunos de esos seres interplanetarios que habían estrellado sus naves en un desierto o en alguna montaña retirada. ¿Creía James, en esos años cincuenta y sesenta, que, en efecto, estábamos siendo visitados por otras civilizaciones de otros universos? ¿Había hecho contacto él mismo metido al fondo de su exuberante jardín? ¿Eran esas formas, esos muros en curva, esos templos misteriosos figuras dictadas por entidades de otros mundos?

ZOMBIS

En las horas de la tarde sucedió algo muy extraño: estábamos en la habitación descansando con el tío, cuando, de pronto, escuchamos en el callejón, frente al castillo, un alboroto enorme. Alguien increpaba a las hermanas Gastélum, las administradoras del hotel, las regañaba, les advertía. Nos asomamos y era una anciana indígena de mirada delirante, con el cabello alborotado en una melena salvaje. Bajamos a ver si podíamos ayudar en algo y una de las empleadas de la cocina nos dijo:

—Es una bruja, no se acerquen.

—¿Una bruja de verdad? —pregunté yo con ingenuidad.

—Todos le tenemos miedo porque ella es muy poderosa. Hace llover, hace que el sol brille sin nubes, calma los dolores de cabeza, ayuda a las campesinas de la sierra a parir y defiende al pueblo de hechizos y encantamientos de otros chamanes.

—¿Y qué es lo que quiere?

—Hablar con usted, joven.

Me quedé lívido. Las piernas me temblaban de miedo. En ese justo instante, la bruja me detectó, me vio por entre las plantas del antejardín, y me dirigió la palabra directamente:

—Por favor, espíritu de bondad, acércate a la reja que tengo un mensaje para ti.

Mi tío me puso la mano en el hombro, pero yo, sin saber de dónde sacaba fuerzas, caminé hasta la puerta metálica con una aparente seguridad. Las hermanas Gastélum me miraban con cierta resignación, como si hubieran fallado en su intento de mantenerme lejos de esa mujer.

—Te necesitamos en el sótano de las golondrinas. Solo un alma como la tuya puede purificar el lugar. Está cerca, no te tomará más de dos horas llegar hasta allá.

TRES BOTELLAS FATALES

—Yo no sé hacer nada especial —dije yo turbado y sin saber cómo eludir la situación.

—Solo con tu presencia es suficiente. Por favor.

—Veré qué puedo hacer.

—Te esperamos, mensajero.

Era la primera vez que alguien me llamaba así. Un estremecimiento me recorrió toda la espina dorsal. La anciana se dio media vuelta y desapareció por el callejón hacia la plaza principal. Yo me subí de nuevo a la habitación. Quería dormir un rato, me sentía aún agotado y sin fuerzas. El tío se dio cuenta de que yo no deseaba hablar sobre el incidente y respetó mi silencio.

En las primeras horas de la noche me subí al último piso, donde había un observatorio desde el cual se podía contemplar todo el valle. Era impresionante la vista desde allí. La luna se asomó por entre las montañas y los primeros rayos de esa luz blancuzca, que parecía una linterna manipulada desde el cielo, me dieron de lleno en la cara. Recordé el ritual en la cascada con Antoine y entonces miré hacia abajo, hacia el callejón empedrado, y vi que el piso cambiaba de forma. En cuestión de segundos estaba en una calle señalizada en inglés. Una mujer muy delgada con el cabello recogido en un moño alto y voluminoso, caminaba con torpeza y chocaba contra las paredes. Llevaba un vestido corto, como de colegiala. Tenía varios tatuajes en los brazos. El maquillaje era exagerado, muy marcado, y le daba a sus ojos un aire como de gitana o de bailarina de flamenco. La reconocí enseguida, había escuchado varias de sus canciones. Era Amy Winehouse.

La vi en los baños de bares y restaurantes vomitando, ahogada, expulsando lo poco que había comido entre convulsiones

y espasmos que la dejaban después sentada en el piso y con la cabeza recostada en la pared. Pasaba días enteros sin probar bocado. No era que le preocupara el peso ni que quisiera ser delgada, no, era que los deseos de vivir desaparecían por completo, y entonces, ¿alimentarse para qué? La vida le parecía una broma de mal gusto. ¿Venir aquí para qué, a qué, con qué objeto? No quería tener una familia y el dinero y la fama le parecían asuntos superficiales. Solo cuando estaba en el escenario sentía que su vida tenía algún sentido. La vi y la escuché cantar: *You know I'm no good*. Su voz era ronca, profunda, como si viniera de un abismo remoto. En algún momento, la letra de la canción traducía: *Te lo dije, soy problemática. Sabes que no soy buena.*

ZOMBIS

La vi ingiriendo e inyectándose todo tipo de drogas. Eran días atroces en los cuales la cantante solo existía para destruirse, para hacerse daño, para deprimirse hasta quedarse encerrada en su cuarto días enteros llorando. Bebía alcohol como si fuera gaseosa y su cuerpo estaba ya deteriorado, como si en pocos años se hubiera convertido en el de una mujer anciana y enferma. Después de beber durante horas en los bares, se quedaba dormida a la madrugada en las calles, en los parques, debajo de los puentes, donde la cogiera la noche. Como si fuera una indigente, como si no hubiera un lugar adónde llegar, como si no tuviera un solo centavo ni un techo debajo del cual refugiarse.

Llegó incluso a salir al escenario completamente ebria y había olvidado las letras de las canciones que la habían hecho tan famosa y que le habían permitido ganar varios de los premios más prestigiosos a nivel internacional. Era doloroso verla en ese estado, tan sola, tan enemiga de sí misma, echando a la basura todo su talento. Y en su apartamento, en los bares, en las callejuelas por donde solía vagabundear, pude ver de nuevo esas sombras que no eran del todo humanas, esas siluetas de seres que parecían mitad humanos mitad bestias.

En la última noche fatal, la vi en su apartamento con la televisión encendida frente a tres botellas de vodka. Llevaba semanas sin consumir sustancias ilegales y sin beber alcohol. La tentación apareció con gran intensidad. Le grité que no, que no fuera a beber. No sabía cómo impedírselo. Sombras siniestras se movían por la cocina, por el comedor, por la habitación. Amy abrió la primera botella y el resto fue imposible de detener. La encontraron botada en el piso, inconsciente, sin signos vitales.

TRES BOTELLAS FATALES

Una voz me sacó de las visiones. Abajo, en el primer piso, mi tío gritaba:

—Pipeeee, ¿estás bien?

—Sí, tío, no te preocupes. Estoy disfrutando de la vista aquí arriba.

—Vamos a comer.

—Ya bajo.

Y mientras descendía por la escalerilla metálica, recordé de pronto la escena de la tarde, la de la anciana indígena convocándome a un lugar al que llamó *El sótano de las golondrinas*. ¿Qué era eso? ¿Iría, no iría? ¿Qué me estaba esperando allá, en medio de las montañas huastecas?

CAPÍTULO 12

COYOTE IGUANA TERCERO

Al día siguiente compramos los tiquetes de bus para regresarnos de nuevo vía Querétaro. Nos iríamos a la madrugada siguiente. No volvimos a saber nada de Antoine. Una de las hermanas Gastélum nos dijo que él había regresado a Haití esa misma noche. Dos réplicas telúricas indicaban que de pronto la isla estaba sometida a temblores y quizá, de nuevo, a terremotos.

Esta vez pedimos los asientos delanteros, los primeros, pues sabíamos que los grandes ventanales lo protegían a uno un poco del mareo y las ganas de vomitar. Con una carretera tan serpenteante, lo mejor era ir adelante, junto al chofer. En la parte de atrás el movimiento era mucho peor y a los pocos minutos sentía uno que el estómago se le salía por la boca.

En las horas de la tarde llegó el tío de las Gastélum en una camioneta llena de barro y nos dijo que venía por nosotros. Le dijimos que no pensábamos salir del hotel y que estábamos bien. Él nos aseguró:

—Los pájaros llegan al atardecer y es un espectáculo que vale la pena apreciar. Son miles. Estamos a una hora y media. La carretera es buena. Luego bajamos unos escalones hasta la cueva. Me dijeron que necesitaban transporte.

Nos dio pena pasar por groseros y aceptamos dándole las gracias. Era un hombre de edad mediana, sereno, tranquilo, de ademanes y palabras muy gentiles, y en ningún momento sospechaba uno peligro o amenaza en él.

Dos horas más tarde estábamos en la ladera de una montaña. Nos bajamos del carro y empezamos a descender cientos de escalones hechos en piedra.

La niebla escasamente nos permitía ver tres o cuatro metros hacia adelante.

Llegamos por fin a una cueva enorme, gigantesca, enclavada en medio de las montañas. El viento entraba y salía de ella con fuerza, y producía unos sonidos intimidantes, como si un huracán estuviera a punto de lanzarse sobre nosotros. La niebla se cerró aún más y escasamente lográbamos vernos entre nosotros. En cuestión de minutos sentimos el aletear de una bandada de pájaros que salían de la nada y se lanzaban a la caverna con fuerza, con un ímpetu que daba miedo.

—¿No se golpean al entrar con tanta fuerza? —pregunté yo sorprendido de ver una bandada detrás de la otra cayendo del cielo como si fueran balas o misiles.

ZOMBIS

—Hay corrientes que vienen desde abajo y por eso deben vencerlas para poder entrar hasta los sótanos donde pernoctan —dijo el tío de las Gastélum.

Vimos que algunos de los pájaros se estrellaban con fuerza allá arriba, en la carretera donde habíamos dejado parqueada la camioneta. Sonaban los golpes como si fueran piedras que alguien estuviera lanzando desde el cielo. Era una escena brutal.

—Alguien encendió las luces de su carro. Eso está prohibido a esta hora. Los pájaros se confunden y por eso se precipitan y se chocan confundidos contra los árboles y los techos de las casas.

De repente, sin que ninguno de nosotros nos diéramos cuenta de dónde había salido, la anciana bruja de la tarde pasada apareció frente a nosotros.

—Me alegra verte, espíritu puro —me dijo con una reverencia.

—Buenas noches —dijimos los tres en grupo, pues la luz del sol desaparecía ya en el horizonte.

—Te necesitábamos aquí —dijo ella acercándose unos pasos más.

—Yo soy solo un turista —dije a la defensiva.

COYOTE IGUANA TERCERO

—Tú eres Coyote Iguana Tercero —afirmó la bruja sin quitarme los ojos de encima —. Las profecías son claras. Hablan de un joven apuesto que vendría desde el sur y que se encontraría con el espíritu femenino del chamán James en su jardín. Eres un mensajero.

No dije nada, me quedé callado. Coyote Iguana Tercero era un nombre imponente, y la verdad era que me encantaba. La anciana me tomó de la mano y me condujo hasta el mismo borde donde las piedras terminaban y empezaba el abismo. Mi tío se quedó inmóvil. Por un recodo que había a un costado, una pequeña senda conducía hacia un poco más abajo. Los últimos pájaros seguían entrando a gran velocidad en la gruta.

La vieja se quitó del cinturón una botella con un líquido adentro y me la dio para que rociara su contenido en la cueva. Mientras tanto, en lengua indígena, ella empezó a recitar una retahíla incomprensible. Yo esparcí el líquido y entonces, allá abajo, en las profundidades inescrutables de la caverna, se escucharon unos gemidos, unos aullidos, como si animales estuvieran siendo quemados o torturados. Y por entre la neblina espesa y compacta, entre las tinieblas que parecían enormes nubes de algodón aposentadas entre el precipicio, alcancé a ver las sombras que tanto conocía, las sombras espantosas que habían rondado a James durante sus fases depresivas, los seres mitad animal mitad hombre que habían perseguido al escritor Edgar Allan Poe, a los pintores Van Gogh y Gauguin, a la cantante Amy Winehouse. Esos individuos con caras de reptil que estaban dibujados en el castillo por todas partes. ¿Qué diablos

ZOMBIS

era eso? ¿Qué era en realidad esa gruta espantosa, una entrada a los infiernos? ¿Estaba yo viendo y escuchando acaso a los mismos demonios retorciéndose de dolor debido a la pócima mágica que les estábamos arrojando a través del aire helado de esa noche fantasmal?

Terminamos el ritual y regresamos al lugar del que no se habían movido ni el tío ni el hermano de las Gastélum.

—Esto mantendrá a los malignos lejos de nosotros por un tiempo —dijo la anciana inclinando la cabeza en señal de agradecimiento—. Ahora podremos descansar en las horas de la noche.

No pronuncié una sola palabra. Hice una reverencia, la hechicera se internó en la montaña y desapareció de nuestra vista. Empezamos a trepar de nuevo la montaña, escalón por escalón. Yo iba muy impactado por la escena. Y no me podía quitar de encima el nombre con el que me había nombrado la mujer: Coyote Iguana Tercero. Me gustaba, me parecía que, de una manera extraña que no podía explicar muy bien, se ajustaba a la perfección a mi personalidad.

CAPÍTULO 13

GIMME
THA POWER

Volvimos a Ciudad de México y lo primero que hice apenas entré a nuestro apartamento de la calle Acapulco número 51, fue abrazar a Umma y echarme con ella en el piso a jugar. Tenía la impresión de haber estado por fuera años enteros. Yuriria estaba feliz de volver a vernos y se puso a conversar con el tío en la cocina. Busqué la señal de wifi del apartamento, escribí la clave y me conecté desde mi portátil a la red a echar un vistazo. Vi que en CDMX se estaba llevando a cabo el Vive Latino, uno de los eventos más importantes de *rock* a nivel latinoamericano. Y justo esa noche tocaban Molotov y Aterciopelados. Le rogué al tío y a Yuriria que fuéramos, que era una oportunidad única. No volveríamos a coincidir de esa manera. Ellos aceptaron un poco a regañadientes, solo por complacerme.

ZOMBIS

Mientras acariciaba a Umma y revisaba mi correo (solo tenía un mensaje de mi mamá preguntándome cómo iba el viaje), me di cuenta de que algo había sucedido: ya no era el mismo. La realidad se desdoblaba, presentía imágenes, situaciones, individuos. Como si el tiempo y el espacio ya no fueran entidades fijas, estables, sino referentes móviles, fluctuantes. Y tenía la impresión de que me estaba comunicando con Umma a un nivel muy profundo, animal. La olfateé, me revolqué con ella en el piso, le mordí ligeramente el cuello. Estábamos jugando, pero también éramos dos cachorros en la pradera entablando una amistad duradera. Coyote Iguana Tercero.

Recordé que apenas habíamos regresado de la extraña visita al sótano de las golondrinas, esa misma noche le pregunté a Julia, una de las hermanas Gastélum, qué significaba ese apodo. Me contó que había dos chamanes en Xilitla que habían hecho historia: el primero había vivido durante la Revolución mexicana, a comienzos del siglo XX. Les había predicho a los campesinos de la zona que la revuelta triunfaría y que siguieran combatiendo por sus derechos. El segundo era el chamán que había iniciado al propio James, el que había bendecido el jardín, el que le había enseñado al inglés cómo comunicarse con los espíritus superiores. El tercero sería el encargado de advertirle a la humanidad que estaba siendo sometida a un ataque muy peligroso. El tercero era yo, el mensajero.

Esa noche fuimos al Vive Latino y conseguimos entradas entre los revendedores que recorrían el sector buscando compradores. Era enorme, gigantesco. Había distintos escenarios y Molotov estaba anunciado en el más grande de todos. Nos

GIMME THA POWER

hicimos en la grama y esperamos. Multitudes de rockeros fueron llegando poco a poco. Cuando el grupo salió, la gente estalló en alaridos y empezó a pedir sus canciones. Tocaron varios de sus éxitos y Yuriria y el tío se reían de verme coreando las letras dichoso. Los videos se mostraban en una pantalla gigante y una cámara iba enfocando a los distintos integrantes del grupo.

Cuando empezaron a tocar *Gimme tha power* la gente elevó los brazos y los gritos se hicieron aún más ensordecedores. Entonces sentí que esa segunda dimensión que ya conocía se abría ante mí una vez más. Yo estaba cantando, pero en realidad estaba fugándome hacia otro lado, hacia otro tiempo, hacia otra ciudad...

Vi a una mujer llamada Alejandra Pizarnik caminando por las calles de Buenos Aires. Era una escritora y parecía estar muy sola, retraída, sin hablar con nadie. Los seres nocturnales la visitaban una y otra vez, la asediaban, la tenían atrapada en sí misma. Sufría de unas profundas crisis de tristeza y depresión. Sus poemas eran cantos a la soledad, la desesperación y la muerte. Caminaba a veces sin saber adónde se dirigía, entraba a cualquier restaurante y se tomaba una sopa o pedía un sándwich, siempre sola, siempre divagando, tomando notas para sus poemas y sus textos. La vida le parecía algo vacío, sin sentido. ¿A qué veníamos, por qué teníamos que enfermar, deteriorarnos y morir? ¿Por qué algunos jamás hallaban

ZOMBIS

el amor? Esas eran preguntas que la atormentaban, que la perseguían a todas partes.

Durante uno de esos instantes de crisis intentó envenenarse y la recluyeron en una clínica psiquiátrica. Ver a los otros enfermos la deprimió aún más. Era un lugar gris donde los demás pacientes se la pasaban por los jardines caminando o leyendo en algún rincón retirado. Pero en las noches los gritos eran angustiantes, la gente lloraba, gemía, suplicaba que deseaba morir. Entonces ella no soportó más, pidió un permiso para salir un fin de semana del hospital, y finalmente ingirió varias pastillas sin que nadie se diera cuenta y murió el 25 de septiembre de 1972.

De inmediato me llegó la segunda imagen: un escritor norteamericano que yo conocía de nombre, aunque jamás lo había leído: Ernest Hemingway. Lo vi en varias guerras combatiendo, conduciendo ambulancias y escribiendo artículos para distintos periódicos. Era un hombre grande, fuerte, barbado, que hacía alarde de su potencia y su seguridad en sí mismo. Le gustaba pescar, cazar en las praderas y las selvas africanas, recorrer el mundo de un país a otro. Pero algo en su interior se desmoronaba a veces, y entonces se hundía en largos períodos de una melancolía extrema. Se encerraba en su casa o en hoteles, no quería salir de la habitación y dormía sin parar durante semanas.

También a él lo internaron en una clínica psiquiátrica y le aplicaron electrochoques, una terapia brutal que lo dejaba como un zombi, anulado, hundido, sin poder escribir, ni cazar, ni pescar, ni viajar. Una tarde cualquiera no soportó más verse tan disminuido, tan poca cosa, tan anulado, y se llevó al rostro la escopeta con la que cazaba elefantes en África. Pero el doble cañón no le cupo en la boca. Se rasgó con una cuchilla la boca hacia los lados, logró meter los dos cañones y se disparó en la cabeza buscando en ese gesto desesperado la paz que la vida le había negado.

Sentí que todo el cuerpo se me estremecía de nuevo ante las imágenes que acababa de contemplar. Poco a poco, muy lentamente, empecé a regresar a la realidad. Molotov terminaba de tocar *Gimme tha power* y el público estaba cantando las palabras finales: "El pueblo unido jamás será vencido...".

Pasamos por el escenario de Aterciopelados y vimos a Andrea Echeverri cantando varias de sus canciones. El público se conectaba con ella con facilidad. Era una artista carismática, dulce, aunque también agresiva, tierna y al mismo tiempo intensa y salvaje. Una mezcla fascinante. Pero yo me encontraba muy cansado y quería volver a la casa para dormir un rato. Las horas de bus me habían dejado exhausto. Nos volvimos en el último tren hasta nuestra ya acostumbrada estación de Chapultepec.

Antes de dormirnos, el tío me preguntó esa noche:

—¿Cómo te has sentido?

—Muy raro, tío. No sé muy bien todavía qué es lo que debo hacer con toda la información que voy recibiendo. Y no sé por qué me muestran vidas tan tristes, tan llenas de dolor.

—Antoine me dijo que los zombis no son solo esos autómatas que suelen rondar su isla, Haití, sino que hay un plan, un complot para convertir a buena parte de la humanidad en muertos vivientes.

—¿Un complot llevado a cabo por quiénes?

—No lo sé con seguridad... ¿Esos seres que escuchamos en la cueva tal vez, en el sótano de las golondrinas?

—¿Viste los dibujos en las paredes del castillo?

—Por supuesto, estaban por todas partes. Había también altorrelieves. James parecía obsesionado con ellos.

—¿Pero quiénes son, tío, dónde están, cómo se llaman?

—No tengo idea, Pipe. Lo importante, por ahora, parece ser que tú detectes que mucha gente buena y talentosa, muchos otros mensajeros han sido atacados por ellos, destruidos, borrados del mapa.

—¿Hay una guerra y nadie se está dando cuenta?

—Una confrontación invisible, sí.

—¿Y a quién le voy yo a decir esto? ¿Cómo lo voy a hacer?

—Eso lo solucionarás después. Por ahora parece que la clave está en que entiendas, en que veas, en que tomes conciencia.

—¿Sabes qué es lo único que me ha gustado?

—Dime.

—Coyote Iguana Tercero.

Y ambos nos reímos en medio de la oscuridad del estudio que daba a la calle. Umma se hizo a mi lado y puso su hocico en mi estómago. El calor de su cuerpo y su respiración me calmaban, me apaciguaban y me hacían sentir seguro, protegido, acompañado.

No sabía aún que al día siguiente visitaría uno de los sitios más bellos que jamás había visto, un sitio que era otro portal hacia una dimensión desconocida.

CAPÍTULO 14
KOKO

A la mañana siguiente el tío me llevó a visitar el estudio de un pintor mexicano llamado Joaquín Clausell. Qué sitio tan impactante. Este artista se dedicó toda su vida a pintar cuadros y retratos en la línea impresionista. Fue reconocido, pero no se le consideró brillante, ni estuvo en las listas de los mejores. Sin embargo, en secreto, sin que nadie supiera, empezó a trazar pequeñas escenas en su estudio, imágenes muy raras que fue elaborando en los muros, desde el piso hasta el techo. Son como puertas, como entradas a otras realidades. Me sentí identificado por completo con él.

Clausell parecía haber viajado en el tiempo y en el espacio de una manera vertiginosa. Había cuadros en los cuales se mostraban seres sacados de un carnaval, magos, nigromantes, doncellas vestidas de blanco. Otros eran como cuentos

infantiles: había ogros, monstruos, príncipes elegantes que cruzaban bosques encantados. Vi también viajeros con sus turbantes y sus túnicas (¡los visitantes de la casa de la abuela!), hadas que salían de las aguas con vestidos largos, grupos de individuos que se reunían en la cúspide de una montaña para llevar a cabo rituales desconocidos, y, a lo largo de las distintas paredes, varias veces me tropecé con la imagen de Jesús crucificado, solo o con los dos ladrones a los lados. Un Jesús lejano, distante, sin nadie a su lado, como si la humanidad se hubiera olvidado de él por completo. ¿Por qué aparecía la crucifixión varias veces, por qué Clausell sintió la necesidad de repetir la escena, de recordarle algo a un futuro espectador que alguna vez entrara a su estudio?

Cruzamos un par de palabras con el tío y le dije que me parecía como si estuviera frente a un computador abriendo varias ventanas simultáneamente. El artista tenía esa capacidad de estar en una realidad uno, y de pronto, sin saber cómo lo hacía, pasar a una realidad dos y a una realidad tres, y así en una secuencia que no tenía fin.

—¿No es un poco lo que te está pasando a ti? —me preguntó el tío poniéndome su mano en el hombro.

—En eso estaba pensando. Todo el mundo vive encapsulado en una única realidad, la suya. Sus problemas, sus conflictos, sus alegrías. Yo no, tío, yo viajo por las vidas de los demás, soy un testigo, un espectador de existencias ajenas.

—Quizá has venido a este país a aprender eso.

—Quizá...

Luego volvimos a separarnos y seguimos viendo cada uno por su cuenta la infinidad de cuadros que estaban pintados en los distintos rincones del lugar. Entonces di con una pintura en la que había dos hombres que parecían estar llegando de un viaje por algún desierto oriental. Llevaban túnicas y turbantes, y daba la impresión de que rastros de arena estaban aún sobre sus ropajes, en sus barbas y sus bigotes. Me quedé absorto en esa imagen. Y la realidad se diluyó y yo entré de nuevo en un universo paralelo.

Vi al famoso actor Robin Williams escondido en una habitación sin querer levantarse de la cama. Había dado la orden de que no le pasaran llamadas y que dijeran que estaba de viaje. Como Edward James, y como todos los otros que había visto, estaba derrotado por la tristeza y no quería ni siquiera abrir las cortinas para echar un vistazo a ver si estaba lloviendo o si hacía sol. No quería comer, no quería hablar, no quería hacer nada. Solo dormir apaciguaba momentáneamente tanto dolor.

En un momento dado no pudo más y pidió ayuda. Los médicos y psiquiatras le diagnosticaron una depresión profunda. Williams se recluyó en una institución porque sabía que solo no podía enfrentarse a una enfermedad de esa envergadura. A lo largo de su vida entraría y saldría de varias instituciones mentales. Tenía también fases muy creativas, lúcidas, llenas de entusiasmo y energía. Era cuando grababa

ZOMBIS

sus películas. Pero tarde o temprano la depresión regresaba y él quedaba convertido de nuevo en un muerto viviente.

En la última salida que tuvo adoptó un perro, un *pug* al que bautizó Leonard. Ese fue su amigo real en los días finales de su vida. Pero no fue suficiente, no alcanzó a rescatarlo de los abismos, quizá porque es una raza sedentaria y casera, cuando lo que el actor necesitaba era salir a caminar, despejarse, no encerrarse a tener que lidiar con ese enemigo que lo perseguía de una manera implacable desde hacía tiempo: él mismo. Finalmente, se metió en el vestidor, se cortó primero las venas y luego, al ver que no se desangraba, se ahorcó con su propio cinturón.

Se me aguaron los ojos. Yo amaba una película suya, *Patch Adams*, en la que él es un médico que ayuda a sus pacientes por medio de la risa, poniéndose una pelota de *ping-pong* en la nariz, haciéndoles chistes, escuchándoles sus problemas. No era justo que el viejo Patch terminara así, con un cinturón hundido en su cuello. ¿Por qué lo dejaron tan solo, por qué nadie estaba a su lado ese día?

La secuencia no se terminó ahí. Me di cuenta de que había otro personaje suelto en esta historia. Una gorila llamada Koko. Alguna vez llamaron a Williams para que visitara una fundación que buscaba apoyar la defensa de estos animales. Koko era la imagen de esa institución. Era una gorila que se comunicaba por lenguaje de señas. Le enseñaron a Williams a entablar

KOKO

contacto con ella, y enseguida surgió entre ellos una amistad sincera y profunda. El actor solía visitarla, comer con ella, departir un rato a su lado. Tanto con Leonard como con Koko, Williams sintió que existía una mayor empatía con ellos que con los seres de su propia especie. No pude evitar pensar en Umma. Suele suceder. La crueldad y la capacidad de engaño de los seres humanos no son tan comunes en el mundo animal. Sentirse distante de los otros significa muchas veces empezar a estar más cerca de otras especies con las que se pueden crear lazos profundos de solidaridad y camaradería.

Disfruté mucho la escena del encuentro con Koko. La gorila presiente que Williams se encuentra solo, a la deriva, extraviado en un dolor interno muy profundo, y lo adopta, le hace muecas, le quita los lentes y juega con ellos, le hace cosquillas, se ríe con él y lo consiente con un afecto que es de una sinceridad estremecedora. Por eso el actor solía ir a visitarla y compartía con ella un rato de vez en cuando.

Y en esta oportunidad se equivocó. No necesitaba psiquiatras ni medicamentos para la depresión. Necesitaba a su amiga, la inmensa gorila negra que entendía bien su grado de marginación, abandono y orfandad.

Cuando le contaron a Koko que Williams se había suicidado, el animal entendió a la perfección la situación, se hizo en un rincón, cabizbajo, y se quedó así, triste y meditabundo durante un buen rato. Luego, cuando se comunicó por lenguaje de señas con la doctora Patterson, encargada del lugar, le dijo: "Llora, mujer". Hay rasgos de humanidad tan hondos en los animales, que a veces parecería que todo es al revés: que los animales somos nosotros.

ZOMBIS

La secuencia se terminó y quedé de nuevo con los ojos puestos en el muro de Clausell. Tomé aire por la nariz y lo expulsé por la boca. Noté que en una de las paredes estaban retratados esos seres con cabezas y rostros de reptil, los famosos chitauri citados por Credo Mutwa, los hombres-lagarto del castillo de James, los demonios que originaban la tristeza y aniquilaban a los hombres desde dimensiones desconocidas. ¿Habían perseguido también a Clausell, lo habían atormentado a lo largo de su vida?

Esa noche investigué en la red sobre Clausell y me sorprendí de dos cosas: que había estado preso en una cárcel terrible mexicana llamada Lecumberri, y que al final de su vida había quedado la duda de si se había suicidado o no. La versión oficial hablaba de una roca que se había desprendido arrojando a Clausell a unas aguas fangosas en las que había perecido ahogado. Lo raro era que en los miles de cuadros que estaban pintados en los muros de su estudio había varias escenas de agua, de mares, lagunas, cascadas y ninfas que, de un modo un tanto tenebroso, parecían anticipar su muerte. ¿Lo habían empujado al precipicio los seres de la oscuridad, los reptilianos?

Algunos artistas mexicanos llamaban a ese estudio de Clausell *La casa de las mil ventanas*. Me sorprendió que tal denominación constataba lo que yo había sentido. ¿No era eso lo que yo estaba aprendiendo, a abrir ventanas en lo real? ¿Era un mensajero, acaso, alguien que transmitía mensajes de una ventana a otra, de una realidad uno a una realidad dos? ¿Eran los mensajeros seres que entraban y salían por esas ventanas para luego contarles a los demás lo que habían visto y oído?

140

CAPÍTULO 15

LOS ARCONTES

A la mañana siguiente, muy madrugados, nos fuimos hasta el valle de Teotihuacán y nos recogieron en una camioneta los encargados de llevarnos hasta las praderas de Fly Volare, la compañía que habíamos contratado para volar en globo sobre las pirámides. Yo iba muy excitado con la situación, pues me parecía extraordinario subirme en uno de esos aparatos y, como un pájaro, volar por los aires. Aunque le tengo pánico a las alturas, la belleza de elevarme sobre el planeta fue más grande que el miedo. Era de no creer esa sensación de desprenderse, de vencer la ley de la gravedad y poder conquistar una existencia aérea, como un ángel de verdad, como un mensajero auténtico.

ZOMBIS

Las pirámides del sol y de la luna se divisaban a lo lejos, y algo dentro de mí me dijo que yo regresaría y que las antiguas ruinas indígenas jugarían más adelante un papel fundamental en mi vida.

Íbamos en la canasta el piloto Parmenio Nárvaez (un indígena de la zona de Teotihuacán), el tío y yo, nadie más. Cuando ya estábamos a varios metros de altura, Parmenio se sonrió y me dijo mirando hacia abajo:

—A esta hora se ve a los arcontes regresando a sus escondites. No mire con los ojos del cuerpo, sino con los del corazón.

Las primeras luces coloreaban las nubes en el cielo. Miré hacia el valle, y, sin planearlo ni estar preparado para ello, volví a sentir esa extraña sensación de estar fuera de mí, en una frecuencia diferente. Sombras difíciles de precisar se agitaban allá abajo y parecían corretear en busca de grutas, hondonadas y lugares que les sirvieran de protección. Eran las mismas figuras que había visto rondando a todos los artistas de cuyas amarguras había sido testigo desde el comienzo del viaje. Se arrastraban, huían, buscaban refugio y se perdían entre los matorrales del valle. Los malignos, los llamaba yo. Los arcontes, los había llamado el piloto del globo.

En medio de ese silencio cósmico, vi como proyectada en el aire la vida de otro escritor, un joven llamado Andrés Caicedo. Tenía el cabello largo y usaba unos lentes de carey gruesos, era flaco y desgarbado, dulce, cariñoso, como si necesitara protección. Era tartamudo y por eso no le gustaba hablar en público. Se sentía solo, abandonado, como si fuera el último

LOS ARCONTES

habitante de un mundo ya extinto. Apenas lo vi me llegó una oleada de tristeza. Había probado todo tipo de drogas, quizá porque estaba buscando un sitio para él, un territorio donde no se sintiera extranjero, un estado donde por fin pudiera habitar de verdad, un pequeño paraíso del cual nadie lo expulsara. Había sido muy precoz, brillante, y desde pequeño escribía cuentos, veía todo tipo de películas y trabajaba en reseñas y artículos. Ya a los dieciséis años tenía varios relatos y guiones terminados. Su capacidad de invención era increíble.

Pero de nuevo se repetía la misma historia: tanta creatividad era atacada por los que Parmenio había llamado los arcontes, esas entidades negativas y parásitas que parecían alimentarse de la alegría y el talento de los hombres. Andrés se encerraba durante días, escribía cartas tristes, lloraba. Vivía en Cali, una ciudad colombiana de tierra caliente, agitada, bullanguera, y sin embargo en esos períodos se sentía que estaba en el Polo Sur, en medio de la nieve, condenado a no poder salir de su iglú.

El abuso de las drogas lo condujo a tratamientos psiquiátricos, a terapias que lo desgastaban y lo aburrían, a una melancolía cada vez más compacta. Lo vi caminando también por calles de ciudades norteamericanas como Los Ángeles y Nueva York, siempre con una libreta bajo el brazo, tomando notas, pensando en relatos o en guiones para cine. En algún párrafo había afirmado que vivir más de veinticinco años era una vergüenza. Se sentía cansado, fastidiado, como preso en sí mismo. Intentó suicidarse dos veces en el mismo año, 1976. Los arcontes no lo dejaban ni siquiera respirar, se alimentaban de él, lo exprimían, le chupaban la energía de día

ZOMBIS

y de noche. Era espantoso ver a ese joven bondadoso y genial acorralado, abusando de las drogas, sin salida a la vista. Lo internaron en una clínica psiquiátrica de Bogotá, y el frío de la capital, su clima de montaña y su aspecto conventual lo terminaron de hundir en una desesperanza sin remedio. Las terapias psiquiátricas fueron peores que la enfermedad. En 1977, de regreso en Cali, cuando ya había cumplido los veinticinco años, una tarde cualquiera ingirió varias pastillas para relajarse y dormir. Se murió de sobredosis. Me prometí leer alguno de sus libros apenas regresara a Bogotá.

Enseguida vi a un actor que reconocí, Philip Seymour Hoffman, porque recordé que lo había visto como el compañero de habitación de Patch Adams en esa legendaria película que hizo tan famoso a Robin Williams. La escena que evoqué me pareció tremenda. Es al comienzo, cuando Patch entra a las residencias de la universidad y se tropieza con su *partner*, con su *roommate*, con su nuevo compañero de habitación. Se trata de un petardo, de un estudiante modelo, gafufo, medio *nerd*, cuadriculado y neurótico: es un papel interpretado por Philip Seymour Hoffman. Ambos se estrechan la mano, se presentan, y no se caen bien.

Lo curioso es que el propio Patch viene de una clínica psiquiátrica, de haber sido recluido, lo cual parece en parte un retrato de la vida privada del actor. Es decir, Robin Williams utilizó seguramente su propia experiencia personal como bipolar y adicto para encarnar el personaje con mayor verosimilitud, para darle carne y sustancia. Patch tenía ese aire de marginal incomprendido porque el propio Robin Williams se sentía así, lejos, fuera del mundo, al otro lado.

LOS ARCONTES

Ese apretón de manos de esa película es doloroso, porque visto desde el presente, cuando sabemos que ambos actores se suicidaron de un modo tan brutal, la escena cobra una nueva dimensión: no es un gesto accidental, sino un pacto, una alianza, un trato que el destino se encargará de sellar con sangre.

Vi cómo Seymour Hoffman recaía en el alcohol y en su adicción a la heroína, y terminó con una sobredosis letal. A su lado quedaron unos diarios en donde estaba toda su confesión con respecto al dolor que sentía por el retorno de esos demonios interiores que lo habían atormentado desde joven. ¿Cuáles demonios interiores? ¿Quiénes eran ellos, cómo se llamaban? ¿Los veía el actor recorriendo su casa, caminando junto a él por las calles, los presentía en las noches, cuando era atacado por el insomnio y pasaba horas enteras viendo el techo?

Y entonces, en una danza macabra, en una especie de secuencia maldita, vi a cientos de artistas perseguidos, oprimidos por los arcontes, derrotados: estuve en la estación del metro cuando un director maravilloso de un documental premiado *(Buscando a Sugar Man)* se arrojó a la línea férrea y fue destrozado por el tren. Presencié cómo un escritor salido de lo normal, David Foster Wallace, se ahorcaba agobiado por una depresión que no le daba respiro alguno. Y así, uno a uno, vi a cientos de músicos, bailarines, cineastas, actores y poetas hundirse en las tinieblas de una oscuridad que no daba tregua. Luego vi a gente del común, a médicos, arquitectos, albañiles, cajeras, choferes, estudiantes e incluso niños que eran visitados y aniquilados por los arcontes. El arma principal que usaban los malignos: la depresión. Multitudes enteras

ZOMBIS

de mujeres, de hombres, de ancianos y de niños alrededor del mundo y a lo largo de la historia habían sido arrasados y exterminados por ese sentimiento de derrota total que les impedía incluso levantarse de sus camas para intentar llevar una vida común y corriente.

Me dio mareo y estuve a punto de vomitarme. Parmenio me alcanzó una botella de agua y me dijo:

—Aquí termina el aprendizaje. Ya sabes que debes combatir a los arcontes. Ese es tu mensaje: advertirle a la gente, anunciarles que tengan cuidado, que toda nuestra especie está siendo atacada.

—¿Y por qué, con qué objeto? —pregunté mientras bebía de la botella con avidez y veía cómo sobrevolábamos el valle a alta velocidad.

—Quieren nuestro planeta, necesitan nuestro mundo —aseguró Parmenio manipulando unas sogas para empezar a descender.

—¿Y cómo los vencemos, cómo nos liberamos de ellos?

—Lo primero es detectarlos, nombrarlos, contarle a la gente que hay un proyecto para convertirnos a todos en zombis.

Aterrizamos en una cancha de fútbol. Yo me encontraba fatal. Estas últimas visiones habían sido ya demasiado para mí. Regresamos a Ciudad de México en un carro contratado y apenas entré a nuestro apartamento de la calle Acapulco, me recosté en mi habitación junto a Umma, que nunca me fallaba. Una tristeza indescriptible se apoderó de mí y lloré por Edgar Allan Poe, por Van Gogh, por Caicedo, por Foster Wallace, por Amy Winehouse, por los trabajadores anónimos, por las esposas cabizbajas, por los solitarios, por los adolescentes

LOS ARCONTES

suicidas, por cada uno de ellos. Mi llanto era ingenuo, lo sé, pero era también sincero, honesto, venía de muy adentro. Me dolía el dolor del mundo.

Finalmente, me quedé dormido y recuerdo que alcancé a decirme a mí mismo: *Tengo que advertirle a la gente que esto está sucediendo.*

CAPÍTULO 16

HOGAR, FRÍO HOGAR

Viajamos sin contratiempos en las horas de la tarde y llegamos un viernes en plena hora pico, cuando el tráfico impide avanzar por cualquiera de las vías bogotanas. Sentí que el Felipe que había salido de la ciudad no era el mismo que regresaba. Era como si buena parte de mi infancia hubiera desaparecido para siempre. Había salido un niño y volvía un joven.

Cuando llegué a la casa la atmósfera era aún peor que cuando me había ido. Mi papá entraba tarde en la noche y estaba durmiendo ahora en el cuarto de la abuela. Mi mamá ni lo determinaba. Desayunaban a deshoras para no encontrarse en la mañana en la cocina. Yo quería reunirlos y contarles la increíble aventura que habíamos vivido en México, pero el ambiente estaba tan tenso que me tocó quedarme callado y solo les dije de paso que la había pasado muy bien y que estaba muy agradecido de que me hubieran dado el permiso para viajar con el tío. No pude mostrarles las fotos ni los videos.

Una noche, sin que ellos lo notaran, los escuché discutir en el segundo piso. Se criticaban de lado y lado. Mi madre decía que él ya no la quería, que nunca salían a ninguna parte y que él ya estaba involucrado sentimentalmente con otra mujer. También le recriminó su actitud conmigo. Le dijo en voz alta:

ZOMBIS

—No basta con traer plata a la casa. Pipe te necesita. Pronto va a entrar a la adolescencia y nunca tiene a su padre cerca. Tú no haces tareas con él, ni le preguntas cómo le va en el colegio ni qué amigos tiene. Es como si no tuviera papá.

Mi padre se quejaba del mal genio de ella, de que se la pasaba con sus compañeros y sus alumnos en la universidad, y que se había descuidado físicamente, que se había subido de peso, y le preguntaba si pensaba envejecer gorda y amargada. Los dejé peleándose, saqué la bicicleta y fui a darme una vuelta por el barrio para respirar tranquilo y dejar de pensar en ellos.

En el colegio tuve un problema serio con la maestra de Español y Literatura. Nos habían puesto a leer un libro aburridísimo y, en su lugar, yo había preferido leerme *El libro de la selva*, de Rudyard Kipling. Cuando iba a empezar a escribir mi ensayo, que se titulaba "Los animales son más confiables que los hombres", ella se hizo a mi lado y leyó la frase que acababa de escribir.

—¿Qué es esto, Felipe?

—Un ensayo sobre *El libro de la selva*, profesora. Voy a escribir sobre la manada de lobos, sobre Baloo y sobre Bagheera.

—Ese no es el libro que había que leer.

—El otro es un ladrillo, profe. Este es mucho más impactante. Lo leí completo y ya sé sobre lo que voy a escribir.

—Creo que no has entendido nada, Felipe. Aquí no se hace lo que tú dices, sino lo que manda el programa. Al colegio se viene a obedecer, a disciplinarse. Uno no va por la vida haciendo lo que le da la gana. Me haces el favor y te reportas de inmediato en la rectoría. En un rato voy para allá.

—Sí, señora.

HOGAR, FRÍO HOGAR

Y cuando estaba empacando mis cuadernos y mis libros en el morral para salir del salón, se me escapó una frase que ella alcanzó a escuchar. Murmuré para mí:

—Esto confirma el título de mi ensayo.

Fue como si hubiera lanzado una bomba en la clase. Ella se puso roja de la ira y me gritó:

—¿Qué acabas de decir? ¿Crees que soy peor que un animal?

—No, maestra, no quise decir eso.

—Pero lo dijiste. Esto es inadmisible. No podemos tolerar una falta de respeto de este calibre. Si crees que puedes venir aquí a hacer lo que quieres, y encima de eso a insultar a los profesores, estás muy equivocado. Te vamos a enseñar a respetar.

—Sí, señora.

—Dile al rector que de inmediato voy para allá. Es mejor que vayas llamando a tus padres.

En la rectoría se armó un alboroto porque la maestra empezó a gritarme, a decirme que yo era un maleducado y que tenía que aprender a respetar a mis mayores. Al fin llegó mi mamá y se enteró de la situación. Me pidió que me excusara con la maestra. Me negué a ello. La profe siguió gritando:

—¿Ve lo que le digo? Este muchachito es un insolente. ¿Y dónde está el papá para que lo meta en cintura?

—Pipe, tú no eres así —me dijo mi mamá mirándome a los ojos con tristeza—. Tú siempre has sido muy noble.

Me dolía que mi mamá creyera que yo había cambiado, o que por el hecho de que mi papá no me vigilaba ni me imponía disciplina en la casa yo entonces me estaba convirtiendo en un problema, en un grosero y malcriado. Ese no era el punto.

ZOMBIS

Saqué valor de donde no lo tenía y le dije al rector, que nos miraba a todos desde el otro lado de su escritorio:

—Yo sí leí, y bastante. Leí un libro maravilloso, un clásico de la literatura. Leí mucho más que los otros estudiantes. E iba a empezar a hacer mi ensayo cuando la maestra se enfureció y dijo que solo se podía leer lo que ella ordenaba.

—Así es, ese es el derecho de las cosas. Aquí se viene a obedecer, a cumplir con un pénsum —respondió ella levantando la mano con autoridad.

—Esa es la verdadera discusión —continué yo respirando con dificultad—. El problema no es que yo sea un maleducado. El problema es que yo no creo que uno venga aquí a obedecer. Yo vengo a aprender. Para mí son dos cosas distintas.

Me di cuenta de que la profesora no se esperaba una respuesta así de mi parte. El rector intercedió y apoyó a la maestra. Mi madre (gesto que nunca tendré cómo agradecérselo) me respaldó a mí. Me dijo que recogiera todas mis cosas y que saliéramos de allí enseguida. Eso hice. Y nos fuimos de allí para siempre.

Cuando estábamos caminando por la calle, le apreté la mano con fuerza y le dije desde lo más profundo de mi corazón:

—Gracias, mamá.

Ella me miró de reojo y se sonrió.

CAPÍTULO 17

CIUDAD ZOMBI

Ingresé en un nuevo colegio donde los profesores eran menos neuróticos y regañones, y algo que me encantó fue que el nuevo profesor de Español, que estaba enterado de la causa por la cual me había retirado de la anterior institución, me dijo sonriendo:

—Hay lecturas obligatorias, Pipe, pero las podemos negociar.

Las clases eran más agradables y no se respiraba ese ambiente carcelario en el que uno no parecía un estudiante, sino un prisionero. También me di cuenta de que los nuevos profes dictaban sus materias con gusto, con amor, y eso me impresionó porque yo venía de un lugar donde nadie disfrutaba lo que hacía.

ZOMBIS

Tampoco extrañé a ninguno de mis compañeros porque no había hecho un solo amigo. Es triste decirlo, pero supongo que al día siguiente de mi retiro la rutina siguió como si nada hubiera pasado. Ninguno me llamó para saber cómo estaba ni me escribió un mensaje al correo electrónico.

Una tarde, a la salida del nuevo colegio, vi a uno de los estudiantes de once encontrarse con unos tipos raros con pinta de matones y pandilleros. Le entregaron una bolsa plástica con algo adentro que no alcancé a detallar. Unos días después, el estudiante estaba vendiendo marihuana en el recreo, en la cancha de fútbol. Le compraban, sobre todo, los de décimo y once. Me pareció algo muy grave, pero no me metí donde nadie me había llamado.

El profesor de Educación Física sí se dio cuenta y lo expulsaron del colegio. Según decían los estudiantes mayores que lo conocían mejor, los papás lo habían obligado a someterse a una terapia para drogadictos y estaba recluido en una fundación cerca a Chinauta, a una hora de Bogotá. Él tenía una novia que estudiaba en el colegio todavía, pero le prohibieron ir a visitarlo. Solo los padres y adultos con autorización especial podían ingresar a esa institución y hablar con él. Y entonces una noche, desesperado, agotado de tanto aislamiento, sin derecho a hablar por celular, sin internet, sin teléfono fijo, sin visitas, completamente incomunicado, el joven se colgó de una cuerda en la cabaña donde dormía. Lo encontraron los propios compañeros en una ronda a la madrugada. Bajaron el cuerpo, pero ya no había nada que hacer. Estaba muerto.

La historia me dolió precisamente porque yo acababa de ser testigo de cómo el mundo contemporáneo nos pone trampas para que terminemos eligiendo el peor camino de todos: la autodestrucción.

En algún momento me acerqué a la novia, que estaba deshecha y que vivía con los ojos rojos, y le dije en uno de los recreos:

—Soy nuevo, pero lamento mucho lo de tu novio.

—Te agradezco —me dijo sin ponerme mayor atención.

—Ahora tienes que tener cuidado tú —alcancé a decirle antes de que siguiera de largo.

Se detuvo, me miró a los ojos con fijeza, y me preguntó mientras se pasaba un pañuelo por la nariz:

—¿Por qué me dices eso?

—Porque la depresión es una trampa que conduce a la muerte. Tienes que luchar por tu vida.

—¿Por qué hablas así, si eres apenas un mocoso?

—Sé cosas que no saben los demás.

—¿Qué cosas?

—Que hay un plan para que terminemos exterminándonos a nosotros mismos —le dije en voz baja.

—¿Un plan de quién?

—Este no es el lugar. Hablamos luego —le dije con seriedad y seguí derecho.

El viernes a la salida del cole, Laura, que es como se llama la chica, me agarró de la chaqueta y me dijo:

—Tú te vienes conmigo...

Nos fuimos conversando por la calle. Me contó que después de la muerte de su novio los papás la tenían bajo tratamiento con una psicóloga, que le controlaban las llamadas de celular y los correos, y que le habían hecho un test de drogas en la sangre. Solo había salido positiva para marihuana.

ZOMBIS

—No sé por qué te estoy contando todo esto, si eres apenas un enano.

—La gente cree que los niños somos idiotas, o bobos, o incapaces mentales...

—Tienes razón. Hasta hace poco yo me quejaba de lo mismo, y todavía me quejo. Espera que entres a la adolescencia y es aún peor. No te tratan como incapaz, sino como a un enemigo.

Me sentía muy bien con una amiga de la edad de Laura, caminando con ella por la calle, compartiendo a su lado. No solo era bonita, sino inteligente, perspicaz, aguda. Tenía el cabello castaño suelto hasta la cintura, y a los lados le caían unas pequeñas trencitas que ella adornaba con unas cuentas metálicas. Los ojos eran negros y las cejas, gruesas, le daban un aire como de joven malhumorada. Vivíamos relativamente cerca y caminamos entonces en la misma dirección.

—Bueno, ahora sí explícame por qué me dijiste eso en el colegio...

Le conté lo de la muerte de la abuela, los extraños visitantes en la casa, los ladrones rodando por las escaleras, los mensajes de Max en el compu y finalmente el viaje increíble al jardín de Edward James, donde me había enterado del Proyecto Zombi. Ella no dejaba de mirarme sobrecogida, impactada por mi relato.

—¿Has hablado de esto con alguien más en el colegio? —me preguntó con cara de preocupación.

—Cómo se te ocurre. Me echarían a la calle por loco o mitómano.

—Yo sé que me estás diciendo la verdad, porque yo misma he sentido cosas raras. Fíjate bien que los adultos parecen

CIUDAD ZOMBI

estar sometidos, como idos, pendientes solamente del dinero y nada más. Son esclavos, actúan como autómatas, no se detienen nunca a pensar. Y es horrible pensar que para allá vamos nosotros.

—Yo no pienso ser así —dije con seguridad.

—Yo tampoco —respondió Laura con una sonrisa—, pero esa es la gente que nos espera, con la que tendremos que estudiar en la universidad, con los que tendremos que trabajar, de los que nos vamos a enamorar.

—Yo no pienso ser novio de una zombi.

—Pero fíjate que ya, de algún modo, estamos entre ellos. Nuestros papás, nuestros primos, nuestros vecinos, nuestros compañeros de colegio. Todos viven pendientes de idioteces: las marcas de sus celulares, los computadores que usan, la ropa de marca, adónde van a ir de vacaciones.

—Eso es cierto.

—Vivimos en ciudades zombis, panales y más panales donde se meten estos seres que cada vez se reproducen a mayor velocidad. Es horrible. ¿No has visto cómo se construyen edificios por todas partes? Y la enorme mayoría no es gente despierta, inteligente, que piensa lo que está haciendo. No, todos están con el piloto automático puesto. Da miedo.

—Por eso te dije ese día que debes tener cuidado. Tú no debes caerte en ese mismo agujero.

En esas se detuvo un carro justo a nuestro lado, y una señora muy disgustada bajó el vidrio y le dijo a Laura:

—¿Dónde estabas metida? Nos diste un susto terrible. Te dije que pasábamos por ti. Y no contestas el celular. Laura, por favor...

—Chao, Pipe, te busco luego...

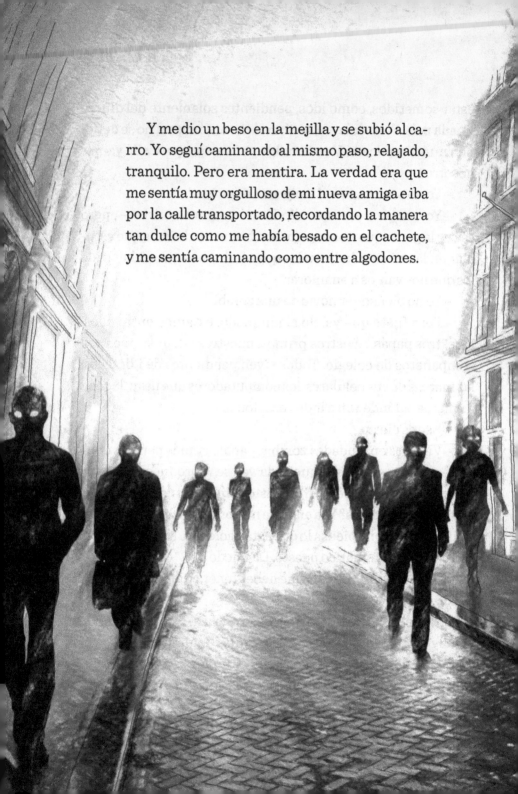

Y me dio un beso en la mejilla y se subió al carro. Yo seguí caminando al mismo paso, relajado, tranquilo. Pero era mentira. La verdad era que me sentía muy orgulloso de mi nueva amiga e iba por la calle transportado, recordando la manera tan dulce como me había besado en el cachete, y me sentía caminando como entre algodones.

CAPÍTULO 18

MI COMPAÑERO DE AVENTURAS

Bajé de la red varios poemas de Alejandra Pizarnik y revisé las biografías de Foster Wallace y de Andrés Caicedo para enterarme de ciertos detalles que no había podido apreciar durante mis visiones. Leí dos cuentos de Hemingway que me impactaron por su exactitud en las descripciones: "Los asesinos" y "El fin de algo". Era un escritor raro, en sus historias tuve la impresión de que algo me faltaba, como si quedara pendiente una zona de vacío que yo debía completar con mi propia imaginación. También estudié la pintura de Van Gogh y de Gauguin a fondo, cuadro por cuadro, y cada vez me gustaban más estos dos artistas.

Una noche venía en bicicleta por el andén cuando escuché al otro lado de la calle una algarabía. Estaban echando de una cafetería a un borracho que se negaba a irse.

ZÓMBIS

—Largo de aquí, ya vamos a cerrar —decía la dueña del establecimiento manoteando en el aire.

—No tiene derecho a echarme así, como un perro —decía el borracho quejándose enfurecido.

—Sí, señor, sí tengo derecho porque este es mi local y yo hago aquí lo que me da la gana.

—Yo pagué y también tengo derecho.

—Usted ya se bebió todo lo que pagó. Yo lo atendí decentemente.

—No es justo.

—Vaya a dormir la borrachera a su casa. Nosotros no tenemos por qué aguantarnos sus malos modales.

Un hombre fornido agarró al borracho de las solapas y lo empujó hasta que el tipo se tropezó en el andén y se fue al suelo. Intentó levantarse, pero casi no podía. Estaba mareado y daba tumbos a izquierda y derecha. Mientras tanto, cerraron el local y bajaron una puerta metálica de protección.

Fue en ese momento que me quedé con la boca abierta. El sujeto me era conocido y lo vigilé desde lejos, desde el andén opuesto por donde yo venía. Caminó con dificultad, balbuceaba frases incomprensibles y la gente que se encontraba con él prefería evitarlo y bajaba a caminar por la calle. Una mujer a la que le dijo algo que no alcancé a escuchar bien se regresó y le pegó con la cartera en la cabeza. El borracho tropezó de nuevo y se fue de bruces contra el muro de una casa de familia. No se pudo volver a poner de pie, la borrachera se lo impedía.

La escena no se parecía a las que yo había visto en mis visiones. No estaban los arcontes por allí cercándolo ni alimentándose de él. Era, sencillamente, un hombre pasado de copas, un ebrio que había decidido en la mitad de la semana armarse su propia juerga.

Pedaleé hasta cruzar la calle y me acerqué con cuidado a confirmar mi intuición. Sí, a ese tipo que estaba ahí tirado con la ropa sucia y la camisa por fuera lo conocía muy bien. Era mi padre.

Al principio no supe qué hacer. Me daba vergüenza que me vieran junto a él, que alguien me relacionara con ese vagabundo callejero. Qué pena. Pero cuando iba a seguir mi camino, algo dentro de mí me dijo que no podía actuar de ese modo, que no podía ser así de insensible. Ese era mi padre, me gustara o no. Era sangre de mi sangre, él me había engendrado, me había traído al mundo. No podía hacerme el loco y continuar como si no hubiera visto nada. Me bajé de la bicicleta y procuré despertarlo y ayudarlo a levantarse. Fue entonces que dijo con esa voz gangosa y ese tufo insoportable a alcohol:

—Un buen samaritano, qué bien...

—Soy Pipe, papá, tu hijo —le dije en voz baja.

—¿Pipe? Déjame verte...

Me agarró la cabeza con las dos manos y sonrió:

—Sí, carajo, eres Pipe. ¿De dónde diablos saliste?

—Pasaba por aquí. Ven, vámonos para la casa.

—A la casa, qué miedo —dijo moviendo las manos en el aire—. Nos van a regañar.

—Dale, apóyate en mi hombro y vamos poco a poco.

Así fuimos avanzando lentamente hasta que llegamos a la entrada. Él se tambaleaba, decía frases incomprensibles, se quejaba, maldecía, escupía, pero con gran esfuerzo logré conducirlo hasta la puerta de la casa. Mi mamá salió y preguntó qué era lo que estaba pasando.

ZOMBIS

—Es mi papá —dije con fastidio—. Lo encontré borracho en la calle.

Dejé la bicicleta en el garaje y me subí a mi cuarto de mal genio. Me había parecido más que desagradable tener un vínculo con ese hombre al que echaban a las malas de los sitios públicos y al que las mujeres le pegaban carterazos en la calle.

Me hice una pregunta que no supe cómo contestar: ¿son de verdad los lazos de sangre tan sagrados? ¿Por qué? Si yo no elegí a mi familia, ni a sus integrantes, ni sus ideas, ni sus creencias, ni sus modos de ser, sino que me tocó nacer entre ellos, ¿por qué me tengo que sentir identificado con esa gente? ¿No es legítimo sentir a veces, como esa noche en mi caso, que entre los parientes y uno no hay nada en común? ¿No pueden ser los familiares extraños, personas que están a años luz de distancia? ¿Debe sentirse uno culpable por el hecho de querer vivir lejos de ellos?

Pensé en la enorme diferencia que había con el tío, a quien yo sí consideraba mi amigo del alma, y del que estaba muy orgulloso. A lo largo de todo el viaje solo lo había visto beberse una cerveza o una copa de vino con la comida. De ahí no pasaba. Siempre estaba lúcido, pendiente de todo, leyendo, estudiando, consultando en su computador o en su tableta una información que era clave para el viaje. Me prometí que jamás iba a terminar como mi papá, tirado en un rincón, pasado de tragos, envilecido y humillado, sino que me iba a parecer al tío.

Al día siguiente, cuando llegué del colegio, mi papá estaba esperándome en la sala de la casa para hablar conmigo. Su tono era el de querer dar una explicación, pero no el de disculparse de corazón. Como tantos otros adultos, creía que un niño como yo no merecía unas excusas.

—Quería decirte que lo que viste ayer se debió a que me vendieron alcohol fraudulento, o a que me echaron algo que me intoxicó. Seguramente para robarme.

—No te preocupes.

—Ese no era yo.

—Si uno está borracho, ese también es uno —dije de manera tajante.

—Tú sabes que yo no soy un borrachín. Es la primera vez que me ves así. Como te acabo de explicar, me debieron echar algo en una cerveza que pedí.

—No parecía. La gente del local fue amable y te pidieron de buena manera que salieras de allí.

—¿Tú me viste en la cafetería?

—Luego vi cómo agredías a una mujer en la calle.

—Ya te dije que ese no era yo. Tal vez me iban a robar o me iban a llevar hasta el cajero automático para sacarme toda la plata de la cuenta.

—Lo que tú digas.

—Tú me salvaste y te estoy muy agradecido por ello.

—De nada. Ahora, si me disculpas, tengo que hacer unas tareas para mañana.

—Sí, por supuesto. Solo quiero que sepas que voy a demandar a esa gente por lo sucedido.

—Está bien.

Y subí las escaleras para encerrarme en mi cuarto. No sabía qué era peor, si la escenita de la noche pasada o esa obra de teatro que había montado para engatusarme. Estaba seguro de que no iría a demandar a nadie porque él sabía muy bien la verdad: que se había emborrachado como cualquier beodo de la peor calaña. ¿Por qué los adultos creen que ser joven es ser estúpido? ¿Por qué no había tenido el coraje de decirse la verdad y de enfrentar la situación con carácter? ¿Por qué no podía excusarse y mirar la manera de enmendar lo que había hecho? Por ejemplo, pasar a la cafetería, dar la cara y decirles a esas personas que lo lamentaba mucho. Eso, al menos, demostraba algo de madurez y de grandeza.

Esa noche le escribí un pequeño mensajito al tío a su correo electrónico:

```
Tío: quería darte las gracias por el
viaje, por ser tan especial conmigo, por
enseñarme tantas cosas. Cuando sea grande
quiero ser como tú. No permitiré que el
mundo me convierta en un zombi ni en un
vicioso que termine por ahí durmiendo en
las calles. Lucharé por alcanzar tu nivel.

Avísame apenas puedas hablar y te llamo.

Te quiere mucho, tu sobrino,

Felipín.
```

A los pocos minutos él mismo me llamó y hablamos largo. Me mandó una página donde se hablaba de los arcontes y me dijo que desde tiempos inmemoriales había mitos y leyendas

MI COMPAÑERO DE AVENTURAS

sobre esos seres malvados y siniestros que estaban atacando a la humanidad. Yo, la verdad, estaba pensando en otra cosa: en que era feliz de tenerlo a él como mi amigo, mi cómplice, mi compañero de aventuras. Era lo mejor que había en mi vida.

CAPÍTULO 19

EL ARCHIVO ADJUNTO DE MAX

Una noche me di cuenta de que tenía un mensaje de Max en mi correo, y un archivo adjunto. El mensaje decía:

```
Estudia bien esta información, Pipe.
Te será de utilidad. Los mensajeros son
muchos, pero nadie quiere escucharlos.
```

Abrí el archivo de Word, y en la primera página empezaba ya la información sobre un hombre llamado Billy Meier, un tipo barbudo y con gafas gruesas de carey que había recorrido el mundo entero en una búsqueda espiritual que lo condujo por más de cuarenta países. En un accidente de bus en Turquía había perdido uno de sus brazos. Había desempeñado

ZOMBIS

distintos oficios, siempre como un nómada que iba de un lado para otro sin parar.

De regreso a Suiza, ya maduro, había empezado a ser contactado por unos seres altos, blancos y rubios, que le indicaron que venían de las Pléyades, un conjunto de estrellas que están a unos cuatrocientos cuarenta años luz de la Tierra. El mensaje era el de siempre: no más guerras, cuidado con las armas nucleares, protejan su planeta y cuídense los unos a los otros. También explicaron que ellos no medían el tiempo por años o siglos, sino por acontecimientos. En ese sentido, nosotros, los humanos, estamos pasando por un momento crucial, por una etapa clave: o somos capaces de girar, de cambiar nuestro rumbo, o nos destruiremos del peor modo posible: aniquilados por nosotros mismos. Dijeron que no podían intervenir directamente, porque tenían que respetar el transcurrir natural de nuestra historia, pero sí buscaban a veces a unos cuantos mensajeros para intentar influenciar la conciencia general. Le enviaban mensajes telepáticos al individuo elegido, intentaban que se desplazara a un lugar retirado, y luego sí iniciaban el contacto.

Lo importante era que la humanidad comprendiera que no estaba sola, que hay varias especies distintas de seres interplanetarios vigilando lo que aquí ocurre, y que cuando logremos por fin pensarnos a nosotros mismos como un todo, como un destino común, y trabajemos en conjunto con metas claras y propósitos nobles, solo entonces podremos hacer parte de la comunidad galáctica. Pero mientras sigamos empeñados en acumular riquezas, competir contra nuestros hermanos y hacer la guerra, seguiremos aislados y

EL ARCHIVO ADJUNTO DE MAX

ninguna otra de las especies cósmicas va a querer relacionarse con nosotros.

Obviamente, nadie le puso mucha atención a Meier. Entonces él sacó varias fotografías de las naves que estaban utilizando los pleyadianos para llegar hasta nuestro planeta. Ahí empezaron las revistas especializadas en el tema ovni a publicarlas, pero muchos lo tacharon de fraude, de mentiroso, de estar haciendo montajes en secreto. Él rodó algunos rollos de película donde aparecían de nuevo las naves, grabó cintas con los ruidos de los aparatos al aterrizar, y al final mostró un trozo de metal que le habían entregado los pleyadianos como prueba irrefutable de que venían de otro mundo. Varios laboratorios confirmaron que, en efecto, el material entregado por Meier no pertenecía a ninguna mezcla conocida por nosotros.

El problema principal era, en realidad, que años atrás Meier y uno de sus más íntimos amigos, Isa Rashid, habían encontrado en los desiertos de Israel unos papiros muy antiguos llamados el *Talmud de Jmmanuel* o el *Evangelio de Jmmanuel*, en el que se contaba la verdadera historia de Jesús. Hubo muchos testimonios sobre la vida del Maestro, pero la Iglesia solo había aceptado cuatro, los que se ajustaban a sus intereses. En este nuevo evangelio se corroboraba algo que también estaba en el *Evangelio de Judas:* que ese discípulo de Jesús no había sido ningún traidor, sino su alumno más avezado y su amigo más íntimo, el que había entendido mejor la misión que le habían encomendado a Jesús.

Durante años, Isa Rashid se concentró en la traducción de este texto, pero agentes israelíes empezaron a seguirle la pista para decomisarle el texto y detenerlo. Lo vigilaban, sabían

ZOMBIS

dónde estaba, si viajaba o no, si se trasladaba de una ciudad a otra. En una carta a Billy Meier, le dice que teme por su vida y la de su familia, y que las principales religiones se verán amenazadas por este nuevo evangelio. Lo increíble es que, en efecto, tiene que huir, se esconde en un campo de refugiados en el Líbano, donde bombardean para intentar asesinarlo. Esos ataques se dieron en junio de 1974 y en ellos murieron varios civiles. El *New York Times* y el *Washington Post* escribieron largos artículos subrayando la crueldad de los mismos. Rashid y su familia lograron escapar con vida, viajar en camiones escondidos hasta la frontera y cruzar hacia Irak. Iban solo con la ropa que tenían puesta y dos cosas metidas en una mochila. Sin embargo, cuando llegan a Bagdad dan con la casa donde estaban refugiados y los servicios de inteligencia israelíes matan a Rashid.

Poco después, Billy Meier también sufre varios atentados y decide no volver a hablar sobre el tema religioso. Logra algunas publicaciones al respecto, pero no hace tanto ruido y prefiere que el *Evangelio de Jmmanuel* tenga un bajo perfil. Se concentra solo en el tema ovni, que no parece alarmar tanto a las autoridades ni a los poderosos.

En uno de los documentos finales sobre Meier, había dos renglones escritos por Max, en los que me advertía:

> Ten cuidado, Pipe. Fuerzas oscuras
> nos amenazan e intentan que la verdad
> no se sepa.

EL ARCHIVO ADJUNTO DE MAX

¿Hay un complot contra los mensajeros, contra aquellos que pretendemos enviar unas palabras de paz y de fraternidad? ¿Somos peligrosos los pacíficos? ¿Somos peligrosos los niños y por eso nos golpean, nos agreden, nos esclavizan y nos venden? Vale la pena estar más atento y andarse con cuidado.

Entonces pasé los capítulos correspondientes a Meier y me concentré en los documentos finales del archivo.

Las últimas páginas hacían referencia a Rafael Pacheco Pérez, un piloto mexicano muy joven que despegó del Distrito Federal y que estuvo fuera de contacto por cerca de tres horas. Las autoridades ya creían que se trataba de un accidente y estaban listas para empezar un rastreo de emergencia, cuando apareció de pronto en las cercanías de Acapulco. Lo curioso es que uno de los operadores de la torre de control de Acapulco le pregunta dónde se encuentra exactamente, y una voz metálica responde:

—El piloto está en un estado de trance hipnótico. Somos seres de otro mundo que queremos enviar un mensaje.

El operador pregunta por qué sabe hablar español y la voz le dice que puede hablar en cualquier idioma. Y, en efecto, a continuación hablan en inglés y en alemán. Dicen ser seres mucho más avanzados que están preocupados por el transcurrir caótico de los seres humanos en la Tierra: guerras, hambrunas, bombas atómicas. ¿Por qué los seres humanos no pueden construir un destino común lleno de paz y de esperanza? Finalmente, estos seres de otros mundos hablan de distintos pueblos diseminados por el cosmos, especies mucho más desarrolladas tanto a nivel tecnológico como a nivel espiritual. Se despiden, y dejan a Pacheco Pérez cerca de la pista de aterrizaje.

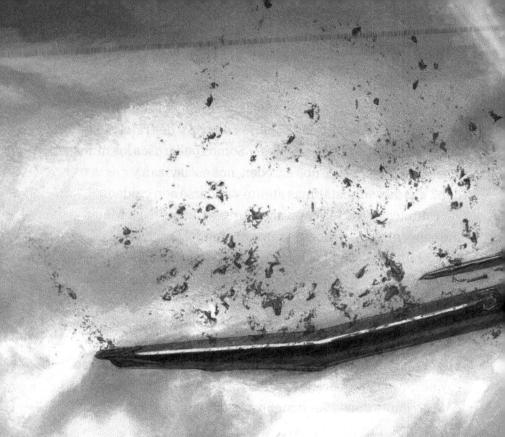

Cuando el piloto sale de su avioneta no se acuerda de nada. Dice que recién despegó, cerca de Cuernavaca, se dio cuenta de que los aparatos de navegación no servían y que la nave estaba siendo succionada hacia arriba. Luego perdió el conocimiento. Las autoridades aeroportuarias de Acapulco notaron que se encontraba todavía en estado de *shock* y lo condujeron al hospital para hacerle exámenes y para que reposara unas horas. Le preguntaron si hablaba otros idiomas y él respondió que no, que solo hablaba español.

Lo más curioso de este suceso es que, apenas aterrizó la avioneta, verificaron el tanque de combustible y estaba lleno.

Era como si este piloto no hubiera volado a ninguna parte, como si nunca hubiera salido de Cuernavaca. Entonces, ¿cómo hizo para volar cerca de tres horas y llegar hasta Acapulco?

Años más tarde, Rafael Pacheco Pérez despega en una avioneta de la península de Yucatán y desaparece para siempre. Unas versiones afirmaban que había invadido el espacio aéreo cubano sin autorización y que dos aviones Mig de ese país lo habían obligado a aterrizar en la isla. Pero lo cierto es que la embajada de México en La Habana asegura que él nunca llegó a Cuba. Y ahí se le pierde el rastro. Al día de hoy continúa desaparecido.

ZOMBIS

Los dos casos eran sumamente extraños, y sospeché que detrás de ellos estaba la gente de Agartha. Eso significaba que la lucha era ardua, que se reclutaban cientos de mensajeros a lo largo de los cinco continentes, y nada, los políticos y las autoridades religiosas seguían empeñados en mantener el control a toda costa, en estar en la cima, en disfrutar de los privilegios que les otorgaba todo su dinero. No había manera de modificar la historia común de la humanidad. Se cambiaban solo algunos sujetos aislados, pequeñas comunidades, pero el grueso de la gente seguía creyendo en trabajar, acumular, enfermar y morir.

Si la gran mayoría era tan infeliz, ¿por qué los trabajadores del mundo entero no paraban la rueda, pensaban, dialogaban, y armaban el juego de otro modo? ¿Por qué había que respetar los privilegios de unos pocos y permitir que miles de millones de personas aguantaran necesidades precisamente para que esa minoría pudiera ir a los grandes hoteles, comer manjares y vestirse con trajes costosos? ¿Si las constituciones y las iglesias decían que todos éramos iguales, por qué no abolir las clases sociales y vivir en armonía real? ¿Por qué no distribuirnos los trabajos por igual: todos estudiamos, todos labramos la tierra, todos barremos, todos ordeñamos, todos vamos a la universidad?

Había algo que yo nunca había entendido: según lo que había estudiado en el colegio, se suponía que la Revolución francesa había echado por tierra los títulos nobiliarios, esas épocas en que la gente valía por ser marqués, duque o conde. Ya no es así. Desde la declaración de los Derechos del Hombre, todos somos iguales. Entonces, ¿por qué seguíamos rindiéndole

EL ARCHIVO ADJUNTO DE MAX

pleitesía a la reina de Inglaterra, al rey de España, a la realeza de Mónaco? ¿No era vergonzoso ese espectáculo decadente de una reina andando en su carruaje en un mundo moderno donde ya todos sabemos que no es más que una anciana decrépita y adinerada atiborrada de talco y lociones? ¿No eran todos esos nobles algo parecido a un grupo de payasos que se negaban a quitarse su disfraz?

Si escucháramos con atención los mensajes que nos venían enviando desde hace siglos los seres de otros mundos, nos levantaríamos una mañana y diríamos no más, se acabó, hasta aquí llegamos, a partir de hoy empezamos una nueva vida.

A eso se refieren los estudiosos de una disciplina que se llama exopolítica. Cuando lleguen las naves de otros planetas y tengamos que enfrentar como humanidad un contacto intergaláctico, no podemos permitir que esos payasos, acompañados de presidentes mafiosos, militares agresivos y banqueros corruptos, nos representen. Qué vergüenza. El espectáculo daría pena. Nosotros no podemos ser juzgados como humanidad a partir de tres o cuatro de esos incapaces. Tenemos que empezar a preparar gente para ese momento.

Y entonces me llegó la pregunta que era a su vez la respuesta al archivo adjunto que me había enviado Max: ¿No eran Billy Meier y Rafael Pacheco Pérez dos adelantados que nos estaban preparando para el gran contacto? ¿Uno aquí presente todavía y el otro en esa otra dimensión donde quizá estaba alistándose para servir de embajador y de diplomático al más alto nivel?

CAPÍTULO 20

UN MENSAJE EN LA LIBRERÍA MERLÍN

Una tarde mi mamá me llevó a una sede del Instituto de Bienestar Familiar, donde están los niños abandonados y sin familia. A veces ella recoge la ropa que ya no usamos y que está en buen estado, y se la regala a instituciones benéficas. Le propuse a una de las psicólogas del lugar que me permitiera leerles a los que estuvieran interesados. Me dijo que sí con gran entusiasmo. Y me hizo seguir y me presentó a varios de los niños, que eran menores que yo. Enseguida empezamos a conversar y, por casualidad, llevaba entre el morral el libro de Umberto Eco, *Historia de las tierras y los lugares legendarios*. Así que lo saqué, lo abrí en el capítulo correspondiente a Agartha, y empecé a leerles en un salón que nos prestaron.

ZOMBIS

Me pasé una tarde magnífica. Los muchachos me hacían preguntas, miraban las ilustraciones, discutían si era cierto o no que pudiera existir un reino subterráneo. Quedamos de continuar en una siguiente cita. Les dejé el libro por si querían ir ellos avanzando por su cuenta y les prometí que les llevaría también otros libros. Salí contento y entusiasmado con la idea de ayudar a los demás jóvenes a leer, a que encuentren en los libros no solo un refugio, sino una forma de resistencia en contra de un mundo que parece ir empeorando a pasos agigantados. Si hay un Proyecto Zombi para angustiarnos, deprimirnos y destruirnos, necesitamos entonces de toda nuestra inteligencia y toda nuestra astucia. Y los libros pueden ser un método de combate, una estrategia de guerra para no dejarnos aislar ni aniquilar. Los lectores son un pelotón, un grupo de soldados que se niegan a ser convertidos en muertos vivientes.

Curiosamente, por esos mismos días ganó el Premio Nobel de la Paz una menor de edad, Malala Yousafzai, una chica de diecisiete años a la cual los talibanes, un ejército de religiosos radicales, le habían disparado en la cabeza por intentar ir a la escuela. En su discurso de recepción del Nobel, Malala se preguntó: *¿Por qué es tan fácil entregar armas y tan difícil dar libros? ¿Por qué es tan fácil hacer tanques y tan difícil construir escuelas?*

Luego, rastreando su vida en la red, me tropecé con su padre, Ziauddin Yousafzai, un pedagogo, un profesor entregado y comprometido a fondo con su labor en Paquistán, y decía él refiriéndose a su hija:

Mucha gente me pregunta: ¿qué hay de especial en mi tutoría que la ha hecho a ella tan audaz, tan valiente, tan expresiva y ecuánime? Y yo les respondo: No me digan qué fue lo que

UN MENSAJE EN LA LIBRERÍA MERLÍN

hice. Pregúntenme qué fue lo que no hice. No le corté sus alas, eso fue todo.

Me sorprendieron profundamente estas palabras. Las alas hacen referencia a las alas del conocimiento, a volar, a ascender gracias al saber. Pero también se pueden interpretar como las alas de los ángeles, de los mensajeros, esas alas que me habían perseguido en México desde el primer momento. Cada niño puede ser un mensajero. Lo único que se necesita es que los adultos no se encarguen de cortárselas, eso es todo.

Los lectores son un grupo de futuros ángeles que por medio de los libros ya se encargará de luchar en contra del odio, la violencia y la injusticia.

Una noche recibí en un chat el último mensaje de Max. Fue una conversación breve.

> **Lo estás haciendo muy bien, Pipe.**
> 20:30

> No he hecho nada, no he transmitido el mensaje aún.
> 20:31

> **Empieza a tomar notas y guárdalas por ahí. Más adelante encontrarás la manera de comunicárselas a los demás.**
> 20:31

> Me angustia no advertirle a la gente lo que está sucediendo.
> 20:31

ZOMBIS

> **Pero ya tienes la idea. Todo se irá cumpliendo poco a poco. Ahora lo importante es que debes prepararte para otro viaje.**
> 20:32

> ¿Cuándo? ¿Dónde?
> 20:32

> **Ellos te dirán. Debes ir a una librería del centro de la ciudad, Merlín, y entrevistarte allá con un mensajero.**
> 20:32

> ¿Cuándo, Max?
> 20:33

> **Mañana mismo, a las tres de la tarde. Ve solo. Busca la dirección en la red. Te deseo lo mejor, mi buen amigo.**
> 20:33

> Gracias, Max. Tus palabras me llenan de aliento.
> 20:34

Al día siguiente bajé por una calle peatonal que se abre justo frente al parque Santander, donde está el Museo del Oro, y caminé hacia el occidente. Eran las dos y media de la tarde. Había un gentío por todas partes, frente a los almacenes de ropa, los restaurantes, las misceláneas y las tiendas de chucherías.

UN MENSAJE EN LA LIBRERÍA MERLÍN

De pronto, empezaban los vendedores ambulantes a tomarse las aceras, y, entre ellos, los vendedores de libros tanto legales como piratas. Anunciaban en las esquinas las novedades, los textos de colegio, las crónicas y los reportajes, las novelas recientemente publicadas. Me pregunté si los libros de Foster Wallace o de Alejandra Pizarnik estarían por ahí pirateados, y qué pensarían los autores al respecto si pudieran enterarse. Pero no tuve tiempo de revisar porque se me acercó un indígena con el cabello recogido en una trenza larga y me dijo:

—Vamos para la librería, joven Felipe, tengo un mensaje para usted.

Me gustó que me llamara así. ¿Será que había crecido? Asentí y volteamos a mano izquierda siguiendo la peatonal, hacia el sur. A los pocos pasos, en medio del trajín de la ciudad, entramos en una casona antigua con puertas y ventanas de madera. Al lado había una venta de jugos naturales. Arriba, un letrero anunciaba el lugar: *Librería Merlín*. Me pareció simpático el anuncio. Era una librería de libros de segunda, libros que ya habían pasado de mano en mano, libros que ya habían vivido. A diferencia de los recién publicados, de los nuevos, que aún no han pasado la dura prueba del paso del tiempo. Nos hicimos en un rincón de la casa, frente a unos volúmenes sobre la Segunda Guerra Mundial y la guerra de Vietnam.

—Es importante que viaje usted a Bolivia, joven Felipe, al departamento de La Paz. Hable con su tío y vaya separando los tiquetes de avión.

—¿Me están necesitando en Agartha? —pregunté con ansiedad, pues nada quería más en ese momento que descender al famoso reino subterráneo.

—No, señor. Tiene usted una cita en la ciudad principal de toda América, en nuestra capital secreta. Se acercan tiempos difíciles para la humanidad.

—¿Dónde es eso?

—En Tiahuanaco, es un portal que utilizamos nosotros permanentemente.

—¿Dónde queda exactamente esa ciudad? —pregunté aceptando mi ignorancia.

—Muy cerca del lago Titicaca. Es una zona sagrada para nosotros, los pueblos indígenas.

—¿Cuándo debo irme?

—Pronto, joven Felipe, muy pronto. En unos días nos volveremos a comunicar con usted. Amigos nuestros lo esperarán allá y lo guiarán hasta su destino.

—¿Y cuál es ese lugar tan misterioso?

—La Atlántida, joven Felipe, la Atlántida... Ahora, si me disculpa...

Y no alcancé a preguntarle a mi mensajero ni siquiera cómo se llamaba, cuando salió a la calle y se perdió entre el maremágnum de una multitud que iba y venía de un lado para el otro. Me quedé ahí, rodeado de libros viejos, sin saber qué hacer, con el pulso acelerado. Estaba aún aturdido por la información recibida.

Pregunté por un libro de Andrés Caicedo y compré *Angelitos empantanados* en una bella edición antigua. No me alcanzaba la plata para más. En la siguiente ocasión, me llevaría los cuentos completos de Poe.

Respiré profundamente y busqué la salida. Caminé hacia las montañas, hacia la carrera Séptima, y en ningún momento

UN MENSAJE EN LA LIBRERÍA MERLÍN

pude quitarme de encima la sensación de que estaba siendo observado, de que alguien me seguía los pasos y me estaba vigilando muy de cerca. La imagen de los arcontes me hizo estremecer el cuerpo entero.

¿La Atlántida? ¿Quién me estaba esperando en esa ciudad oculta y para qué?

Cuando llegué a la casa, saqué un cuaderno en limpio que no había utilizado en el colegio y escribí la palabra *Zombis* en la primera página. Y empecé a anotar todo lo que me había sucedido, desde los días en que había muerto la abuela, hasta mi reciente encuentro con este indígena en el centro de Bogotá.

¿Qué debo hacer con esta historia? ¿A quién debo enviársela o entregársela? Aún no lo sé, pero espero que mi mensaje llegue a tiempo y que alcance a salvar las vidas de muchos que aún no saben el poder incalculable que ejercen sobre la humanidad las temibles fuerzas oscuras que ya están entre nosotros.

CONTENIDO

CAPÍTULO 1
El fantasma de la abuela 11

CAPÍTULO 2
Los visitantes 21

CAPÍTULO 3
Haití 31

CAPÍTULO 4
Hay otra realidad en esta realidad 39

CAPÍTULO 5
Ángeles y reptilianos 49

CAPÍTULO 6
Doctor Zombi 57

CAPÍTULO 7
Umma 67

CAPÍTULO 8
El reino perdido de Edward James 77

CAPÍTULO 9
El mensajero 87

CAPÍTULO 10
Los seres de la oscuridad 97

CAPÍTULO 11
Tres botellas fatales 107

CAPÍTULO 12
Coyote Iguana Tercero 117

CAPÍTULO 13
Gimme tha power 125

CAPÍTULO 14
Koko 133

CAPÍTULO 15
Los arcontes 143

CAPÍTULO 16
Hogar, frío hogar 153

CAPÍTULO 17
Ciudad Zombi 161

CAPÍTULO 18
Mi compañero de aventuras 169

CAPÍTULO 19
El archivo adjunto de Max 177

CAPÍTULO 20
Un mensaje en la Librería Merlín 187